Gabi Röhr

Der Kronprinz von Berlin

und warum der Berliner Flughafen BER
nicht eröffnet werden kann

Gabi Röhr

Der Kronprinz von Berlin

und warum der Berliner Flughafen BER
nicht eröffnet werden kann

Bibliografische Information der Deutschen Nationalbibliothek:

Die Deutsche Nationalbibliothek verzeichnet diese Publikation in der Deutschen Nationalbibliografie; detaillierte bibliografische Daten sind im Internet über dnb.dnb.de abrufbar.

Herstellung und Verlag:

BoD – Books on Demand, Norderstedt

ISBN: 978-3-7481-8480-5

Kapitel 1

Insekten sprechen nicht.

Insekten fluchen schon gar nicht.

Diese Erkenntnis rettete dem merkwürdigen Wesen, das definitiv kein Insekt war, wahrscheinlich das Leben.

Sophia war drauf und dran, es zu erschlagen, rollte ihre Zeitschrift zusammen und pirschte vorsichtig ans offenstehende Fenster. Von umständlichen Befreiungsversuchen hielt sie noch nie viel.

Der Eindringling sah von weitem wie eine dicke kleine Albino-Stabheuschrecke mit weißen Flügeln aus, ungewöhnlich für diese Region, aber im fernen Afrika oder sonst wo in Äquatornähe mochte es solche Exemplare möglicherweise durchaus geben. Vielleicht war das Vieh hier in der Stadt aus irgendeinem Terrarium ausgebüxt. Manche Leute halten sich doch die exotischsten Tiere. Haustiere wie Pythons, Warane und Taranteln sind keine Seltenheit.

Doch dann hörte sie es reden.

Mit fiepsiger Stimme rief es: „Hey, verdammt! Nimm sofort das Ding runter!" Ein sehr leiser Ruf, gerade laut genug, dass sie es hören konnte, dafür aber umso fordernder: „Hilf mir lieber! Scheiße! Verdammt nochmal, du musst mir helfen!"

Zunächst sah sie sich irritiert in der näheren Umgebung der Schallquelle um, die zusammengerollte Zeitschrift als Waffe fester umklammernd, an ihrem eigenen Verstand zweifelnd.

Es war ein einladender Frühlingstag 2017, Ende April, die Bäume hatten sich entschlossen, endlich ein paar zartgrüne Triebe darzubieten, Magnolienknospen sprangen auf und Forsythien blühten, die Vögel zwitscherten atonal um die Wette, und das Großstadtleben begann allmählich wieder auf den Straßen stattzufinden. Die Tische der Berliner Cafés wurden nach draußen gestellt, und Decken auf den Stuhllehnen luden zum Verweilen ein, damit man sich im Bedarfsfall die fröstelnden Beine wärmen konnte. Straßenmusiker kamen vom Untergrund an die Oberfläche und beschallten die Straßen, und Cabrios wurden demonstrativ offen präsentiert, obwohl man heimlich die Fußheizung laufen lassen musste.

Sophia war nach einer unspektakulären Arbeitswoche gerade nach Hause gekommen und freute sich auf das Wochenende. Sie hatte alle Fenster geöffnet, um die frische Frühlingsluft in ihre Wohnung zu lassen und es sich auf ihrem Sofa mit ein paar Zeitschriften bequem zu machen. Alle zwei Wochen brachte ihre Kollegin ihre ausgelesenen mit. Die waren nicht brandaktuell, aber unterhaltsam. Ein Klatschblatt über Königsfamilien und Fernsehstars legte sie erst einmal gelangweilt beiseite. Eigentlich interessierte sie sich nicht wirklich für so etwas. Dann lieber die Modezeitschrift, obwohl sie Mode auch nicht sonderlich reizte, aber das Blättern durch die Hochglanzseiten, das Bewundern der makellosen Frauen in teils ansehnlichen, teils verwunderlichen Outfits hatte etwas Entspannendes. Und es ist immer gut zu wissen, was gerade angesagt ist, auch, oder gerade wenn man sich nicht danach richtet.

Und nun das!

„Das gibt es doch nicht", murmelte sie und hoffte, zu halluzinieren. Aber das vermeintliche Hirngespinst war dort! Und es sprach!

Bei genauer Betrachtung handelte es sich um einen kleinen Menschen.

Es war ein nackter, wohlproportionierter junger Mann im Miniformat, ein Papiertaschentuch wie eine improvisierte Toga über eine Schulter geknotet, das im Wind flatterte und von weitem eben wie Flügel ausgesehen hatte. Er zupfte daran herum, um seine Blöße zu bedecken und schaute genervt zu ihr auf, während er sich zornig hin und her bewegte.

Sie ließ die zusammengerollte Zeitschrift sinken und starrte das Männlein fassungslos und neugierig an, das sich da auf ihrem Fensterbrett befand und mit den Händen fuchtelte.

„Hey! Ich hab keine Zeit für Erklärungen. Kennst du deine Nachbarin?"

„Äh, Ludmilla?", fragte Sophia.

„Keine Ahnung, wie sie heißt. Jedenfalls musst du rübergehen und meine Klamotten holen! Jetzt! Bevor es zu spät ist!"

„Aber", versuchte sie chancenlos, seinen Redeschwall zu unterbrechen.

„Und glotz mich nicht so an! Ich bin normalerweise eins neunzig, aber gerade hat mich dieser scheiß Fluch getroffen und ich bin ein bisschen aus meiner Kleidung ... naja ... quasi ‚herausgeschrumpft'. Ich erkläre es dir, wenn du meine Sachen geholt hast."

„Ähm", rang Sophia nach Worten, „ich verstehe ja, dass du aufgebracht bist, aber geht es vielleicht ein bisschen höflicher? Wir kennen uns doch gar nicht."

„Höflich!", lachte er bitter. „Der war gut!"

Sie verstand zwar nicht, was er daran ‚gut' fand oder auch nicht, denn sie hatte keinen Scherz gemacht, aber immerhin schien es ihn dazu zu bewegen, sich für einen kurzen Moment zusammenzureißen. Etwas sanfter und einsichtig sagte er: „Ok, ich bin Vincent. Wer bist du?"

„Sophia", antwortete sie, immer noch zutiefst irritiert, und konnte nicht glauben, dass sie tatsächlich mit diesem Wesen redete.

„Ok, Sophia, freut mich, dich kennenzulernen", kam es halbherzig und unglaubwürdig von ihm. „Hättest du jetzt die nicht mit Gold aufzuwiegende Gnade und Freundlichkeit, nach drüben zu gehen und", er schluckte, „und bitte meine Klamotten zu holen?!"

Als hatte er sich gerade sehr überwinden müssen, seufzte er und erklärte: „Zuletzt lagen meine Sachen im Schlafzimmer. Am wichtigsten ist meine Lederjacke! Da sind meine Autoschlüssel und mein Handy drin. Und dann meine Jeans. Ja, unbedingt meine Jeans! Verdammt, meine Kreditkarte ist in der Tasche!"

Wieder tigerte er hin und her und Sophia begriff allmählich, dass er ihre Hilfe wirklich brauchte.

Weil sie zögerte, forderte er: „Beeil dich! Und sag um Himmels willen nicht, dass ich hier bin!"

Sophia fragte: „Was soll ich denn sagen?"

Er zuckte mit den Schultern und entgegnete: „Lass dir eben 'was einfallen!"

Sie beschloss, jetzt keine weiteren Fragen zu stellen, sich nicht weiter zu wundern und einfach erstmal die Anweisung zu befolgen.

Etwas tun. Aktionismus gegen drohenden Wahnsinn. Die Füße bewegen. Raus aus dem Zimmer! Raus aus der Wohnung! Mit einem normalen Menschen reden!

Ihr Finger landete auf der Nachbarklingel und ein Westminster-Ding-Dong war bis auf den Hausflur zu hören.

Die Tür wurde unvermutet schnell aufgerissen und Nachbarin Ludmilla öffnete im Bademantel. Sie schien etwas sagen zu wollen und verharrte überrascht mit halboffenem Mund.

„Hi, Ludmilla …", sagte Sophia angespannt, um Lockerheit bemüht.

Ihre Nachbarin war eine einschüchternd gutaussehende Blondine, dem Akzent nach osteuropäischer Abstammung, bei der sich ein männlicher Besuch nach dem nächsten die Klinke in die Hand gab. Sophia fragte sich manchmal, ob es sich bei ihr um eine Professionelle handelte, oder ob sie einfach nur abschleppen konnte, wen sie wollte.

„Ich, ich …", stammelte Sophia.

Mist! Was sollte sie nur sagen?!

Schließlich sagte sie mit der scheinbar größten Selbstverständlichkeit wie aus der Pistole geschossen: „Ich soll Vincents Sachen abholen."

„Wie bitte?" Ludmilla beugte sich leicht vor, als hätte sie sich verhört und ihre dunkel geschminkten Augen wurden zu wütend funkelnden Schlitzen.

„Ja, ich, äh, wurde beauftragt, Vincents Sachen abzuholen", versuchte Sophia offiziell zu klingen, lächelte schief und knetete ihre Hände.

Ludmilla schnappte nach Luft und blickte misstrauisch an ihr vorbei zur gegenüberliegenden offenstehenden Tür. „Was?! Ist er jetzt etwa bei dir? Ich glaube, ich spinne! Was für ein Arschloch! Haut einfach ab, als ich im Bad war! Eben säuselt er mir noch 'was vor und dann … Was für ein mieses, kleines Arschloch!"

Damit schob sie resolut und energisch eine perplexe Sophia zur Seite und verschaffte sich in aufgebrachter Rage Zutritt zu deren Wohnung.

Zumindest ‚klein' stimmte tatsächlich, dachte Sophia sarkastisch. Über den Rest konnte sie sich kein Urteil bilden.

„Na, warte, du …", drohte Ludmilla auf der Suche nach Vincent und durchkämmte offenbar jedes Zimmer.

Sophia hingegen nutzte die Gunst des Augenblicks und holte flink seine Sachen, die in Ludmillas Schlafzimmer hinter der Tür lagen. Kerzen brannten überall, sanfte Jazzklänge ertönten aus dem Wohnzimmer und ein zarter Rosenduft durchzog die Luft. Das perfekt vorbereitete Schäferstündchen.

Aus ihrer eigenen Wohnung hörte sie indessen das Aufreißen und Zuknallen von Schranktüren, das vertraute Quietschen der Badezimmertür und immer wieder Ludmillas hysterische Stimme: „Vincent, du Arsch! Wo bist du?!"

Die beiden Frauen begegneten sich wieder im Hausflur und Ludmilla warf atemlos einen wütenden Blick auf Vincents Sachen, die Sophia an sich drückte. Unzweifelhaft war ihre Hausdurchsuchung erfolglos gewesen und sie zischte: „Wo auch immer du ihn versteckt hältst …", und ihr Blick schien noch ‚Schlampe!' anzufügen, „sag ihm, er soll sich dahin scheren, wo der Pfeffer wächst! Er braucht gar nicht auf die Idee zu kommen, sich nochmal bei mir zu melden!"

Sophia quälte sich schnell an ihr vorbei und versprach kurzangebunden: „Sag ich ihm, wenn ich ihn sehe."

Bloß schnell weg! Egal, was sie von ihr dachte!

Wo um alles in der Welt war Sophia da nur hineingeraten?!

Kapitel 2

Die Nachbarin warf ihre Tür geräuschvoll hinter sich zu, und Sophia taperte zurück in ihre eigene Wohnung, die Anziehsachen des Fremden weiter an sich gedrückt. Ihr erster Weg ging zurück ins Wohnzimmer. Das Papiertaschentuch, unter dem er sich verborgen halten musste, lag unschuldig auf dem Fensterbrett.

„Die Luft ist rein!", rief sie verhalten in die Richtung und legte seine Sachen auf dem Fußboden ab.

Sofort erschien sein kleiner Kopf unter dem Taschentuch und er rappelte sich hoch und drapierte es neu. „Boah, das war knapp! Gut, dass sie nicht weiß, wie ich gerade aussehe! Ich war geflohen, bevor sie meine Verwandlung bemerken konnte. Mach schnell jetzt! Hol mein Handy aus der Jackentasche und such ‚Jo' raus!"

Eigentlich war es an der Zeit, eine Erklärung zu erhalten, aber Sophia tat wie aufgetragen, griff in die Taschen seiner Jacke, holte sein Telefon hervor, wischte über das Display zu den Kontakten und fand den Eintrag ‚Jo'.

„Stell den Lautsprecher laut und wähl seine Nummer!", forderte er sie auf. „Leg es hier neben mich!"

Sie wusste nicht, warum sie wie paralysiert alles tat, was er bestimmte. Vielleicht war es die Verzweiflung, die in seiner fordernden Stimme mitschwang, vielleicht stand sie auch unter Schock, jedenfalls wählte sie die Nummer und legte das Handy auf das Fensterbrett.

Es tutete, dann meldete sich eine Männerstimme: „Ja?"

Vincent beugte sich über das Handy-Mikrofon und rief mit seinem schwachen, fiepsigen Stimmchen hinein: „Jo! Sie hat es schon wieder getan! Ich glaub, ich muss durchdrehen! Sag ihr, sie soll das lassen, verdammt nochmal! Auf dich hört sie vielleicht."

Zwei, drei Sekunden lang war von der anderen Seite nichts zu hören, dann fragte die Männerstimme misstrauisch: „Vince? Bist du das?"

Das Papiertaschentuch-Männlein ballte die kleinen Hände zu Fäusten und reckte sie wütend empor: „Ja, Himmel, Arsch und Mäusekacke, wer denn sonst?! Jo! Hilf mir gefälligst! Heute hat Mutter mich in einen Däumling verwandelt."

Seine Mutter?!

Man hörte ein kehliges Glucksen von der anderen Seite: „Ach, bist du schon wieder auf deinen amourösen Pfaden unterwegs, Brüderchen? Wer ist es denn dieses Mal?"

„Halt doch die Klappe!", herrschte Vincent seinen Bruder an. „Wir sind nicht allein."

„Wie? Ist sie noch bei dir?", fragte dieser ungläubig.

„Nein, natürlich nicht!", erklärte Vincent ungehalten. „Ich konnte in die Nachbarwohnung fliehen. Hol mich hier raus, bevor ich den Verstand verliere!"

„Ähm, welcher Verstand?" Wieder war ein amüsiertes, leises Kichern zu vernehmen. „Sorry, aber ich habe noch ein paar Pflanzen auszuliefern. Ich kann nicht weg."

Vincent schlug unbeirrt vor: „Dann sag, du wärst krank oder dir wäre 'was dazwischengekommen oder was! Du musst mich hier abholen!"

Jo am anderen Ende klang nun ernst: „Hey, wo auch immer du dich rumtreibst, Vince, du weißt, dass das nicht geht! Und selbst wenn… Ich könnte frühestens in einer knappen Stunde in Berlin sein. Du bist doch in Berlin?"

Vincent antwortete resigniert: „Ja, in Tempelhof."

Jo fuhr fort: „Und was soll ich dann zuerst machen? Dich abholen? Mit Mutter reden?"

Vincent dachte nach, warf einen Blick zu Sophia, atmete schwer aus und sagte kleinlaut: „Hol mich hier ab, ok? Dann warte ich eben. Ich schick dir die Adresse."

Und nach einem weiteren tiefen Atemzug fügte er versöhnlich hinzu: „Bist ein guter Bruder."

„Ich weiß", lachte Jo leise. „Ich versuch, mich zu beeilen. Bis nachher."

Die Verbindung wurde getrennt.

Vincent wies Sophia an: „Tipp deine Adresse ein."

Und nach einem kurzen Zögern fügte er widerwillig hinzu: „Bitte."

Sophia seufzte, nahm das Handy, tippte ihre Adresse ein und schickte sie an den Kontakt ‚Jo‘.

„Wenn ich nachher aufwache, kann ich mir immer noch Gedanken machen, was das alles zu bedeuten hat…", murmelte sie vor sich hin, doch Vincent belehrte sie eines Besseren: „Du wirst nicht aufwachen, äh, Sophia, richtig?"

Sie nickte.

Er wiederholte: „Du wirst nicht aufwachen!"

Theatralisch breitete er seine Arme aus. „Willkommen in meinem Leben! Du bist hier nun mal leider in meiner Realität! Das lässt sich nicht ändern."

‚Ich könnte es ändern‘, dachte Sophia kurz und hatte für den Bruchteil einer Sekunde den Impuls, ihn vielleicht doch mit der Zeitschrift …

Nein, aber sie könnte ihn auf den Vorsprung vor ihrem Fenster hinaussetzen und das Fenster schließen.

Doch das brachte sie nicht übers Herz.

„Und dieser scheiß Fetzen!", fluchte er und zupfte am Taschentuch herum.

Sie entwickelte Mitleid für ihn. Entschlossen schob sie ihren Sessel ans Fenster und platzierte sich Vincent vis-a-vis, der sich auf die Fensterbrettkante setzte und seine Beine baumeln ließ.

„Hast du vielleicht etwas zu Trinken für mich?", fragte er. „Ich hab tierisch Durst! Meinetwegen 'n Schluck Wasser. Die Fassadenkletterei von deiner Nachbarin hier rüber war echt anstrengend! Allein an ihren Vorhängen hochzukommen! Gut, dass ich einigermaßen fit bin!"

„Einen ‚Schluck' Wasser?" Sophia musste grinsen. „Du meinst wohl eher einen Tropfen."

Ihr Blick schweifte durch den Raum. Ein winziges Trinkgefäß musste her! Sie konnte ihm ja schlecht ein Glas hinstellen. Selbst ein Schnapsglas war zu groß, wenn sie denn eins hätte. Dann fiel ihr Blick auf ihre Mineralwasserflasche. Der Verschluss! Der sollte den Zweck erfüllen!

Sie befüllte den Schraubdeckel mit etwas Wasser und stellte ihn neben Vincent auf das Fensterbrett, der ihn gierig mit beiden Händen hochnahm und zum Mund führte. In seinen Händen sah er aus wie ein Eimer. Er verschluckte sich und hustete.

„Keks?", fragte Sophia und legte noch ein Stück Gebäck dazu.

„Riesenkuchen, meinst du wohl", scherzte er und machte sich auch darüber her, zumindest über eine Ecke davon.

„Ok", begann sie entschlossen, „du bist mir eine Erklärung schuldig, Vincent. Was ist das für ein ‚Fluch', der dich getroffen hat?"

Er starrte ein paar Sekunden vor sich ins Leere, so als überlegte er, wie er seine Geschichte plausibel verpacken könnte. Seine Augen landeten bei seiner Kleidung auf dem Boden. Anstelle einer Erklärung murmelte er: „Schön, dass du auch an meine Sneakers gedacht hast. Die waren nicht so leicht zu bekommen. Limited Edition."

Dann blickte er zu ihr auf und atmete durch.

„Sophia … Es wird dir schwerfallen, mir zu glauben, aber guck mich an! Was auch immer du jetzt hören wirst … Es ist die Wahrheit, so wahr, wie ich hier so klein vor dir sitze und ein verdammtes Papiertaschentuch trage."

Sophia war auf das Äußerste gespannt, doch er schien keine Worte zu finden.

„Was hat das mit diesem Fluch auf sich?", hakte sie ungeduldig nach. „Und was hat deine Mutter damit zu tun?"

„Ich", begann er zögerlich, „also ich bin der Kronprinz von Berlin, Prinz Viktor Philip der Erste. Der Name ist bekloppt, deshalb nenne ich mich Vincent. Wer will schon Viktor Philip heißen?!"

Sophia wiederholte ausdruckslos: „Kronprinz", nur um ihm zu signalisieren, dass sie zuhörte. Sie betrachtete ihn, ohne eine Miene zu verziehen. Sie hatte gehört, was er behauptete, aber irgendwie drang es nicht in ihr Bewusstsein vor. „Und, äh, deine Mutter?"

Vincent zuckte mit den Schultern. „Naja, sie ist die Regentin. Sie hält sämtliche Geschicke dieser Stadt und den größten Teilen des Landes in ihren Händen."

„Aha."

Vincent erhob sich und ergänzte gestikulierend wie zum Nachdruck: „Hey, ehrlich: Sie ist mächtiger, als du dir jemals vorstellen könntest. Alles, wirklich alles in dieser Stadt und in diesem Land ist nicht so wie es scheint. Nichts ist so, wie du es kennst."

Er machte eine Pause und beobachtete Sophias Reaktion.

Sie war überzeugt, es konnte nur ein Traum sein. Es musste ein Traum sein! Und bald würde sie aufwachen. Aber bis dahin wollte sie wissen, was er noch zu sagen hatte.

Sie wiederholte: „Du bist Kronprinz. Deine Mutter regiert Berlin und weite Teile Deutschlands."

Er nickte und hob Schultern und Hände, als wollte er sagen: ‚So sieht's aus. Ich kann nichts dafür.'

Jetzt war sich Sophia sicher. Ein Traum! Nur ein Traum, nichts weiter. Zugegeben, ein ungewöhnlicher Traum. Aber es war zu interessant. Jetzt bloß nicht aus Versehen aufwachen!

Nur zur Sicherheit und um weiter mitzuspielen fragte sie amüsiert: „Soll ich dich mit ‚Majestät' ansprechen? Oder ‚Hoheit' oder so?"

„Quatsch!", ereiferte er sich. „Alles, bloß das nicht! Für dich bin ich Vincent, ok?"

„Ok …", stimmte sie zu. „Und deine Mutter? Zaubern kann sie auch, ja?", fragte Sophia und unterdrückte ein Kichern.

Sichtlich genervt über diese Tatsache schnaubte er: „Mein Gott, ja! Siehst du doch! Aber keine Sorge: Ihre Zauberkraft reicht nur soweit es das selbe Blut betrifft. Und nach 'ner Weile geht es wieder vorbei"

„Aber", wollte sie einwenden, doch er unterbrach sie ungehalten: „Sie tickt eben nicht ganz richtig. Sie hat da immer diese Vorstellungen, wer was wie machen soll. Sie schiebt mir Steine in den Weg, wo sie kann. Jedes Mal, wenn ich nicht spure, lässt sie sich etwas einfallen, mich auszubremsen. Zum Henker, ich bin es so leid! Als könnte sie irgendwas damit bewirken!"

Sophia verstand nicht. „Aber was will sie denn bewirken?"

Er winkte ab. „Ach komm, frag nicht. Scheiß Heiratspläne und so. Wie im Mittelalter! Und fast immer, wenn ich 'was mit 'ner anderen Frau als der Auserwählten anfange, schießt sie eben dazwischen."

„Und wer ist diese ‚Auserwählte'?", wollte Sophia neugierig wissen.

Er seufzte und guckte in die Ferne, so als sah er diejenige dort vor seinem inneren Auge auftauchen.

Kopfschüttelnd sagte er: „Eine Prinzessin. Sie ist ganz niedlich, aber Heiraten?! Ich kenne sie kaum, und sie ist noch ein Teenager."

Der Arme, dachte Sophia. So eine Mutter wünschte man niemandem.

„Und dein Bruder?", fragte sie.

„Wir sind zweieiige Zwillinge, Jo und ich. Also richtig Joachim. Er hatte Glück: Er ist bei unserer Geburt als Zweiter herausgeplumpst."

Vincent trank einen weiteren Schluck Wasser und fuhr sich mit dem Handrücken über den Mund. „Er führt ein ruhiges Leben. Kann machen, was er will. Hatte freie Wahl, was seine Frau angeht. Wieso er sich ausgerechnet für die entschieden hat, weiß der Himmel, aber ok, wo die Liebe hinfällt... Und wieso er eine Gärtnerei führen muss, entzieht sich auch meinem gesunden Menschenverstand. Aber gut. Hauptsache, er ist glücklich!"

Wissbegierig entlockte Sophia ihm weitere Details und lauschte Kekse knabbernd seinen Schilderungen: von seiner Kindheit und wie er aufgewachsen war, in einem unterirdischen, geheimen Palast mit Angestellten und Privatlehrern. Er erzählte von seiner Erziehung und den Vorbereitungen auf die zukünftige Krone und all die Aufgaben, die er dann übernehmen sollte, wenn seine Mutter einmal nicht mehr war oder nicht mehr konnte. Wie zuvor seine Großmutter, die vor ein paar Jahren abgedankt hatte, weil ihr Gesundheitszustand das Regieren nicht mehr zuließ.

Ihr, seiner Großmutter sei im Übrigen der Fall der Mauer zu verdanken, behauptete Vincent ernsthaft, und Sophia nickte nur kauend und nuschelte: „Ja, klar..."

Ohne es zu bemerken hatte sie ihre Kekse fast aufgegessen.

„Du glaubst mir nicht, oder?", unterstellte Vincent zu recht.

Er stellte klar, dass, was auch immer sie glaubte oder nicht, niemand etwas davon wissen durfte, und nur wenige Menschen eingeweiht wären, Sophia nun eingeschlossen.

Sie musste Stillschweigen wahren. Das sollte sie schwören.

Also schwor sie. Wem hätte sie auch davon erzählen sollen?

Und bald würde sie sowieso aufwachen.

Sie fuhr erschrocken zusammen, als es klingelte und spätestens hier hätte sie aus ihrem Traum aufwachen müssen. Aber nichts geschah. Vincent saß weiter auf dem Fensterbrett, und als es wiederholt klingelte, maulte er auffordernd: „Es hat geklingelt. Willst du vielleicht zur Tür gehen?"

Also stand sie schnell auf, um zu öffnen.

Vor ihrer Tür stand ein Bild von einem Mann, außer Atem, verschwitzt, als sei er gerannt, er wirkte gestresst, gejagt, aber ein Bild von einem Mann! Ihr Herz setzte für eine Sekunde aus.

Er flüsterte: „Ich bin Jo, Vincents Bruder. Bist du Sophia?"

Als sie wortlos nickte, schob er sich in ihre Wohnung und sagte leise: „Mach schnell zu!"

Er lehnte sich gegen die Wand, machte entschuldigend eine Einhalt gebietende Handbewegung, schloss die Augen und versuchte zu Atem zu kommen. Sophia starrte ihn schweigend an und wartete.

Schließlich warf er ihr einen Blick zu und lächelte sanft: „Ok, jetzt geht es wieder. Irgendjemand war hinter mir her. Es tut mir leid, dass du hier mit reingezogen wirst. Danke erstmal!"

Seine Manieren schienen auf alle Fälle besser als die seines Bruders zu sein.

Ein paar Sekunden blickte er in ihre Augen, als wollte er erkennen, was sie wohl über diese ganze Geschichte wusste und erkundigte sich vorsichtig: „Hat er dir etwas über uns erzählt?"

„Ein bisschen", entgegnete sie.

Er nickte: „Ok. Wo ist er jetzt?"

Wortlos wies sie auf ihre offenstehende Wohnzimmertür.

Kapitel 3

Tief durchatmend ging Jo voraus und sah sich um. Als er seinen Bruder auf dem Fensterbrett ausmachte, brach er in schallendes Gelächter aus. Er lachte, dass ihm Tränen kamen und hielt sich seinen Bauch, krümmte sich und sank auf die Knie, direkt neben die Kleidungsstücke seines Bruders, von denen er einen Zipfel hochhob und sofort wieder losprusten musste. Er wischte sich die Tränen aus den Augenwinkeln und schüttelte feixend, schniefend und sich entschuldigend immer wieder den Kopf.

„Vince … Winzling …", und ein weiterer Lachkrampf übermannte ihn. „Sorry, es tut mir leid."

Seine Heiterkeit war so ansteckend, dass auch Sophia der ganzen Situation etwas Komisches abgewinnen konnte und unweigerlich kichern musste.

Und mit einem Mal erkannte und begriff sie, dass alles real war! Es war kein Traum! Das alles geschah tatsächlich und in Wirklichkeit!

Die Erkenntnis war beunruhigend und spannend zugleich.

Der Kronprinz verschränkte verärgert seine Arme, ließ die Häme über sich ergehen und wartete die Augen verdrehend ungeduldig ab, bis man sich beruhigt hatte.

Das dauerte eine Weile, aber dann wurde Jo plötzlich ernst: „Hey, wir müssen ganz schnell weg hier! Ich wurde verfolgt."

„Schon wieder?", fragte Vincent skeptisch.

„Ja, scheint so", entgegnete Jo. „Ich habe eine paar Straßenecken weiter weg geparkt und versucht, mich durch die Hinterhöfe zu kämpfen. Ich weiß nicht, ob man mich hier reingehen gesehen hat."

Sophia warf ihm einen alarmierten Blick zu. War es bis hierhin nicht beängstigend und verwirrend genug?!

Er versuchte, ein weiteres schadenfrohes Glucksen bei Vincents Anblick zu unterdrücken und fragte: „Sophia, hast du 'was, wo wir seine Sachen reintun können? Wir müssen sofort los!"

Unschlüssig nickte sie und wankte in ihre Küche, um eine Tüte zu organisieren.

Als sie gemeinsam Vincents Sachen in der Tüte verstauten, verhandelte Jo leicht belustigt mit seinem Bruder: „Möchtest du auf meiner Schulter sitzen, Kleiner? Oder vielleicht packe ich dich doch lieber in meine Brusttasche?"

Ohne seine Meinung abzuwarten, schob er seinen Bruder kurzerhand in die Brusttasche seines Jacketts und sagte zu Sophia: „Es tut mir leid, aber du kannst nicht hierbleiben. Zu gefährlich! Ich muss dich bitten, mitzukommen."

„Aber ...", wollte sie widersprechen, doch er legte seine Hand auf ihre Schulter und sagte mit Nachdruck: „Bitte. Ich habe keine Ahnung, wer oder was hinter mir oder uns her ist. Aber was immer es ist, es ist gefährlich! In deinem eigenen Interesse ist es besser, wenn du mit uns kommst."

Da war etwas zutiefst Überzeugendes in seiner Stimme und in seinem eindringlichen Blick, so dass sie nicht weiter fragte oder zögerte und Jo nach draußen folgte.

Vincent schlug vor, mit seinem Wagen zu fahren, was Jo angesichts seiner mutmaßlichen Verfolgung für sinnvoll hielt.

Es wunderte Sophia kaum, dass es sich bei Vincents Auto um einen teuren Luxus-SUV handelte, in den sie einstiegen. Wahrscheinlich ebenfalls ‚Limited Edition'...

„Setz mich auf dem Armaturenbrett ab!", ordnete Vincent an. Sein Bruder wandte ein: „Aber, wenn ich beschleunige, fliegst du durch die ganze Karre."

„Ja, ja", gab Vincent gereizt und schroff von sich. „Mach einfach! Ich bin schon groß und kann mich festhalten."

22

Jo schmunzelte: „Ja, groß. Vince-ling", und stellte Vincent ab, indem er ihm mit seinem improvisierten Kleidungsstück behilflich war und an dem Taschentuch herumzupfte. „Mach das mal ordentlich! Wir haben eine Lady an Bord."

„Nimm deine Flossen weg!", schimpfte Vincent, machte es sich im Schneidersitz bequem und zuppelte alleine weiter. Jo grinste.

Sie fuhren los, einmal durch die halbe Stadt. Jo telefonierte mit seiner Mutter und kündigte ihr Erscheinen an.

Dann tastete er sich vorsichtig bei Sophia vor: „Was genau hat Vince zu dir gesagt? Hat er dir von unserer Familie erzählt?"

Vom Armaturenbrett her wurde protestiert: „Versuch nicht, mich zu ignorieren, Jo! Ich bin vielleicht klein, aber ich bin hier! Warum fragst du nicht mich?"

Jo bedachte Vincent grunzend mit einem kurzen Seitenblick. „Jetzt lehn dich doch einfach mal ganz entspannt zurück! Wie könnte ich dich ignorieren?!"

Konzentriert behielt er das Verkehrsgeschehen und immer wieder den Rückspiegel und die Außenspiegel im Auge. „Ich wollte die Antwort von ihr haben, nicht von dir, du Egomane."

Vincent verschränkte beleidigt seine Arme und sah Sophia erwartungsvoll an.

Sie stammelte: „Naja, Vincent hat von eurer Familie erzählt. Dass ihr Brüder seid. Und das mit der Monarchie, und dass du eine Gärtnerei hast. Und von eurer Mutter."

Sie wagte nicht laut auszusprechen, was sie wusste. Es fühlte sich komisch an und eigentlich konnte sie es immer noch nicht ganz glauben.

Jo warf ihr einen prüfenden Blick zu: „Hat er gesagt, dass ihre

Zauberkraft begrenzt ist? Ich meine, mir ist wichtig, dass du keine Angst hast, wenn wir da jetzt hinfahren. Du brauchst keine Angst zu haben. Das weißt du, oder?"

Ganz kurz dachte sie: Schade, dass er vergeben ist! Aber auch kein Wunder! Wie fürsorglich und aufmerksam! Und dabei auch noch so verdammt gutaussehend!

„Ja, ich weiß", lächelte sie tapfer. Es war nur wegen seiner beruhigenden Anwesenheit nicht völlig gelogen. In Wirklichkeit fühlte sie sich unbehaglich, es war ihr unheimlich und sie hatte ein mulmiges Gefühl in der Magengegend.

Aber er glaubte ihr und schien zufrieden: „Gut! Das ist wichtig." Wieder sah er kurz zu ihr hinüber: „Und du? Erzähl mal, was machst du so?"

Da gab es nicht viel zu erzählen: „Nichts Besonderes. Ich arbeite in einem Büro, Hobbies: Lesen, Sport, ehrenamtlich Nachhilfeunterricht geben und so."

„Ehrenamtlich? Respekt, sehr anerkennenswert", lobte Jo. Vincent hingegen fragte: „Wie jetzt: Du gibst Nachhilfe und nimmst kein Geld dafür?!"

Sein ungläubiger Tonfall ärgerte sie, und sie antwortete sarkastisch: „Ja, das versteht man normalerweise unter ‚ehrenamtlich'. Es ist für bedürftige Familien, die sich das sonst nie leisten könnten."

Jo kommentierte im Plauderton: „Davon verstehst du nichts, Brüderchen."

„Aber du, ja?", zeterte Vincent, und Jo erwiderte: „Zumindest habe ich einen Job und verdiene mein eigenes Geld."

Die Gegenbemerkung kam umgehend: „Selbst schuld!"

Jo lächelte als Antwort nur gleichmütig.

Kurz hinter der Stadtgrenze erreichten sie den Ort Schönefeld. Wieder blickte Jo aufmerksam und intensiv in den Rückspiegel, bevor er bei einem kleinen Einfamilienhaus einbog, die Garage per Fernbedienung öffnete, hineinfuhr und hinter sich schloss. Gleichzeitig öffnete sich vor ihnen an der hinteren Garagenwand ein Portal und legte den Blick auf eine Tunnel-Einfahrt frei. Jo gab Gas und sie fuhren einige Kilometer weiter unterirdisch durch einen gut ausgebauten, einsamen Auto-Tunnel.

Sophia wollte eben Fragen dazu stellen, als es Vincent plötzlich nicht gut zu gehen schien. Er stöhnte und rang nach Atem, als würde er sich übergeben müssen, kletterte vom Armaturenbrett und suchte entschlossen den Weg über die Mittelkonsole nach hinten, von wo aus sein Stöhnen zu einem Ächzen und Jammern anschwoll. Ein kurzer Blick aus dem Augenwinkel nach hinten verriet Sophia, dass er dabei war zu wachsen, und das schien schmerzhaft zu sein.

„Guck nach vorne!", befahl er ihr angestrengt und sie hörte die Veränderung seiner Stimme von fiepsig nach männlich tief. Sie bemerkte Jo neben sich erleichtert grinsen.

Von der Rückbank aus war Vincents Japsen und das Knistern der Tüte zu vernehmen, aus der er offenbar seine Kleidungsstücke hervorkramte und mit allerlei Verrenkungen überzog.

Schließlich erschien sein Gesicht in voller Größe und breit grinsend zwischen den Kopfstützen, als sei nichts weiter passiert. Er wuschelte seine Haare zurecht und musterte Sophia: „Hi. Du bist kleiner, als ich dachte."

Als sie sich ihm zuwandte und nur dreist „Hallo, Majestät" sagte, hob er abfällig eine Augenbraue, richtete den Blick aber sogleich auf das Spektakel vor ihnen.

Jo verlangsamte seine rasante Fahrt. Sie steuerten auf das Ende des Tunnels zu. Ein weiteres Portal tat sich auf, und sie fuhren in eine Tiefgarage.

„Wohnt ihr hier? Wo sind wir?", wollte Sophia wissen.

„Unter dem BER", antwortete Jo. „Also das, was offiziell ‚BER' genannt wird. Und nein, nur unsere Mutter und unsere Großmutter wohnen hier."

„Der Flughafen?", fragte Sophia zweifelnd.

Vincent lehnte sich hinten gelassen zurück und sagte: „Du hast doch wohl nicht im Ernst gedacht, dass sie es nicht schaffen, einen beschissenen Flughafen zu bauen?! Hast du wirklich das Märchen von der ‚ewigen Baustelle' geglaubt?! Das ist alles nur dem Starrsinn unserer Mutter zu verdanken."

Sophias Weltbild bekam einen weiteren Knacks, und sie stammelte verständnislos: „Aber... Wie..."

Jo parkte den Wagen und schaltete den Motor aus. Ein tiefer Blick in seine aufrichtigen Augen gab ihr Gewissheit. Mit einem bedauerndem Schulterzucken stieg er aus.

Langsam öffnete Sophia ihren Gurt, stieg zaghaft auch aus und sah sich um. Außer Vincents Wagen parkte hier noch ein weiteres Dutzend edler und teurer Limousinen.

Vincents Stimme hallte durch die Tiefgarage, als er erklärte: „Als sie da oben mit dem Bau angefangen hatten, war das hier unten völlig außer Acht gelassen worden. Wir haben hier schon seit der Wiedervereinigung unser Domizil. Absolut abgeschirmt und sicher. Klar, dass Mutter das nicht aufgeben will! Nun ziehen sich die Verhandlungen schon über Jahre."

„...sind zum Erliegen gekommen, meinst du", korrigierte Jo nüchtern über seine Schulter und öffnete eine schwere Stahltür.

„Zumindest kostet es kaum eure Steuergelder, falls es dich beruhigt", ergänzte Vincent bitter, „sondern überwiegend ‚nur' unser Familienvermögen."

„Gib schon Ruhe, Vince", sagte Jo besänftigend und hielt die Tür auf, um Sophia und Vincent vorgehen zu lassen. „Das ist allein Mutters Sache."

Sein Handy klingelte. „Meine Frau", entschuldigte er sich, bevor er ranging: „Klar, geht's mir gut… Ich hatte doch gesagt, dass ich mich mit Vince treffe… Ja, wir statten Mutter gerade einen spontanen Besuch ab."

Vincent öffnete eine weitere Tür, während Jo sein Telefonat beendete: „Mach dir nicht immer so viele Sorgen, Anne, Liebling! Bis nachher."

Sie ließen die Tiefgarage hinter sich und betraten eine Empfangshalle, die in Beige- und Smaragdtönen gehalten war. Der Teppich war dunkelgrün mit goldenem Lilienmuster, die Wände waren teilweise mit Mahagoni vertäfelt, es gab Marmorsäulen und eine massive Rezeption aus dunklem Holz mit hellen Intarsien. Dahinter schaute ein hagerer, älterer Herr in dunkelgrüner Uniform überrascht auf und lächelte: „Oh, die Herren Prinzen und Begleitung! Welch seltener Glanz in dieser bescheidenen Hütte!"

Sein Humor war auf skurrile Weise sympathisch.

Die beiden Brüder begrüßten ihn wie einen alten Freund, stellten Sophia als ‚gute Bekannte' vor und Jo fragte: „Empfängt sie uns, Georg? Ich hatte angerufen."

Sophia stutzte. Mussten sie um Erlaubnis fragen? Wie bei einer Audienz? Am besten mit Termin?

Kapitel 4

Georg nickte und machte eine beiläufige Handbewegung. „Ja, ja, gehen Sie ruhig durch."

Jo ging entschlossen voran. Vincent atmete tief ein und ließ Sophia angespannt den Vortritt. Seine Mutter zu besuchen schien nicht zu seinen Lieblingsbeschäftigungen zu gehören, erkannte Sophia und folgte Jo durch einen schmalen Gang bis zu einer mit Schnitzereien verzierten Holztür. Er klopfte.

„Ja-ha", tönte es munter von drinnen und sie betraten den angrenzenden Wohnbereich, der Sophia an die Wohnung ihrer Großeltern erinnerte. Es war alles ein bisschen überladen, plüschig und kitschig, mit dunklen Möbeln, verspielten Kissen, dicken Teppichen und altmodischen Tischlampen, die es nicht schafften, den großen Raum wirklich hell zu bekommen. Hier und da standen kleine Bilderrahmen mit Familienbildern, in einem Kamin prasselte ein behagliches Feuerchen und von irgendwoher war leise klassische Musik zu hören. Ganz hinten gab es ein Oberlicht, durch das ein bisschen Tageslicht hereinfiel. Darunter stand ihnen den Rücken zugewandt eine großgewachsene schlanke Frau in einem legeren Overall mit Leopardenmuster und goss hingebungsvoll mit einem kleinen Kupferkännchen ihre Orchideen. Ihr schwarzes Haar war streng nach hinten zu einem kunstvollen Knoten im Nacken verschlungen.

„So schnell hatte ich noch gar nicht mit euch gerechnet. Bist du wieder wie ein Wilder gerast, Joachim?", sagte sie und wandte sich lächelnd um.

Sie strahlte eine unglaubliche Ruhe und Güte aus und hatte gleichzeitig eine geheimnisvolle, majestätische, Respekt einflößende Präsenz.

„Du musst Sophia sein", begrüßte sie sie freundlich, stellte das Kännchen ab und streckte ihr mit interessiertem tiefen Blick die Hand entgegen. Kleine Flammen züngelten in ihren dunklen, unergründlichen Augen, aber wahrscheinlich waren es nur die Reflektionen des Kaminfeuers.

Das musste sie sein! Die Regentin. Handkuss? Knicks? Doch Sophia entschied sich für ein bürgerliches Händeschütteln, das warm und fest erwidert wurde. „Ich bin Marianne. Herzlich willkommen." Die Ähnlichkeit mit ihren gutaussehenden Söhnen war nicht von der Hand zu weisen: die selben markanten, aristokratischen Gesichtszüge.

Sie drückte Jo einen liebevollen Kuss auf die Wange: „Joachim, mein Lieber, sei gegrüßt."

Dann schweifte ihr Blick zu Vincent, der sich von der Tür keinen Zentimeter wegbewegt hatte und seine Mutter, ohne eine Regung zu zeigen, die Hände in den Taschen vergraben, taxierte.

Sie schenkte ihm ein teils spöttisches, teils mahnendes Lächeln.

„Viktor Philip…"

„Mutter…", nickte er zur Begrüßung distanziert und abwartend. Er wirkte geladen, wie zum Sprung bereit.

„Setzt euch doch", lud Regentin Marianne sie ein und ignorierte gelassen seine Feindseligkeit.

„Konntest du deine Verfolger abschütteln?", fragte sie Jo fürsorglich, der es sich auf einem Chaiselongue bequem machte, und Sophia sich einen Sessel aussuchte, auf dessen äußerster Kante sie steif Platz nahm.

„Ja, ich …, ja. Ich denke schon", überlegte Jo. „Wenn ich nur wüsste, wer das ist. Was der will."

„Ich würde gern unsere Security beauftragen", deutete seine Mutter an, setzte sich ihm gegenüber und öffnete eine kleine Karaffe.

Er warf ihr einen nachdenklichen Blick zu und schüttelte den Kopf.

„Joachim", ermahnte sie ihn sanft. „Ich möchte auch wissen, wer das ist und was er will!"

Sie hob die Karaffe und fragte: „Darf ich euch einen Eierlikör anbieten? Hat deine Anne mir gemacht."

„Nein, danke, Mutter", lehnte Jo ab. „Von Anne?"

Sie schenkte zwei kleine Kristallgläser ein. „Ja, lieb von ihr, oder? Überhaupt taut sie allmählich auf. Am Anfang hat sie sich ja schwergetan. Aber jetzt besucht sie mich sogar manchmal in ihrer Mittagspause."

Eines der Gläser schob sie einladend in Sophias Richtung. „Sophia? Du?"

Sophia mochte eigentlich nicht, aber bedankte sich artig, ließ das Glas jedoch stehen.

Marianne bedachte Vincent, der immer noch wie ein bockiger kleiner Junge an der Tür ausharrte, mit einem Seitenblick. „Viktor Philip, kommst du bitte zu uns? Trinkst du auch ein Gläschen mit?"

Vincent atmete geräuschvoll ein und aus und kam näher. „Ich will deinen Likör nicht, Mutter. Ich will reden!", sagte er und stützte die Hände auf die Rückenlehne des Sessels, der Sophia gegenüberstand. Ihm war anzusehen, wie er sich mühsam beherrschte.

„Ich will mit dir verdammt nochmal endlich darüber reden, was du mit mir machst, Mutter!"

Sein Blick hatte etwas Wütendes und etwas verzweifelt Hilfloses, Verletztes gleichermaßen.

Sie sah ihn aufmerksam an und sagte mit einer unausweichlichen Autorität: „Eins nach dem anderen, mein Sohn. Setz dich. Und lass das Fluchen!"

Für Sekunden starrten sich beide herausfordernd an, schließlich gab er klein bei und fläzte sich launisch in den Sessel.

Zufrieden nahm sie es zur Kenntnis und kam zurück zum Thema: „Also Joachim, Schatz. Lass mich bitte Fox und Schneider beauftragen, dich zu begleiten. Ganz diskret. Nur herausfinden, wer dir nachstellt und warum. Vielleicht betrifft es ja uns alle."

Mit einer Geste in Sophias Richtung merkte sie an: „Sieh nur: Schon werden Unbeteiligte mit hineingezogen! Das ist nicht gut! Meine Liebe", wandte sie sich nun direkt an Sophia, „es tut mir wirklich leid für die Unannehmlichkeiten, die du deswegen hast."

„Ich dachte, es wäre besser, sie kommt erstmal mit", erklärte Jo, bevor Sophia sich äußern konnte.

Die Regentin stellte fest: „Ihr habt alles richtig gemacht. Wir können nicht genug auf der Hut sein."

„Ich weiß, Mutter, es ist gerade alles etwas schwierig", deutete Jo an und sie bestätigte: „Ja. Die Zeiten sind kritisch."

„Oh, ja, kritisch!", hörte Sophia hinter sich eine Frauenstimme der Regentin beipflichten. Sie drehte sich nach der Stimme um und sah eine alte, gebeugte Dame durch die hintere Tür neben der Orchideen-Bank lächelnd eintreten. Das geschmackvolle Kostüm, das sie trug, und ihre sorgsam ondulierte weiße Haarpracht verliehen ihr etwas Elegantes. Sie stützte sich auf einen verzierten Gehstock und hatte sichtlich Mühe, einen Fuß vor den anderen zu setzen, aber strahlte: „Joachim! Viktor Philip!"

Jo sprang unerwartet impulsiv auf und lief ihr erfreut entgegen, um sie in die Arme zu schließen. „Großmutter!"

Selbst über Vincents mürrisches Gesicht legte sich überraschend ein Anflug von Freude und er erhob sich, um sich für die nächste Umarmung anzustellen.

Sie wechselten ein paar Worte der Wiedersehensfreude und die Brüder übertrumpften sich gegenseitig, der alten Dame Komplimente zu machen, während Marianne ihr ungefragt einen Likör eingoss und sich selbst einen zweiten nachschenkte.

„Ihr müsst mir euren Besuch vorstellen", forderte die Dame ihre Enkel auf und blickte neugierig zu Sophia, die Anstalten machte, sich ebenfalls zu erheben.

„Bleib sitzen, bleib sitzen, mein Kind!", winkte sie ab und reichte ihr ihre knöcherige Hand.

Jo stellte seine Großmutter förmlich als emeritierte Regentin Regina vor und Sophia als ‚Lebensretterin von Vince', was sie ganz verlegen machte.

„Ah, ‚Sophia': Die Klugheit. Schöner Name! Du kannst mich Regina nennen", sagte sie herzlich, nahm neben Jo Platz, schenkte sich ein Glas Wasser ein und sinnierte: „Ja, in letzter Zeit kommt unser Viktor Philip ziemlich oft in unangenehme Situationen…" Sie warf ihrer Tochter einen wissenden aber nicht gerade wohlwollenden Blick zu und nippte an ihrem Wasser.

„Mutter, bitte!", versuchte Marianne sie zu bremsen. „Es ist zu unser aller Bestem!"

Regina entgegnete unbeirrbar: „Es gibt solche und solche Erziehungsmethoden. Und es ist fraglich, ob man einen Achtundzwanzigjährigen überhaupt noch erziehen kann."

„Siehst du! Da hast du es!", bellte Vincent seine Mutter an.

„Und was zu ‚unser allem Besten' führt… Naja, auch darüber lässt sich streiten", verteilte Regina weiter ihre Spitzen und erinnerte sich: „Damals haben wir solche Konflikte anders beigelegt."

„Damals! Wir leben im 21. Jahrhundert, Mutter", belehrte Marianne sie bissig. „Da trägt man diplomatische Unstimmigkeiten nicht mehr auf der Pferderennbahn aus."

Die alte Dame warf Sophia ein verschmitztes Lächeln zu, der die Unterhaltung unangenehm war. Worum ging es? Was gab es für Konflikte? Diplomatische Unstimmigkeiten? Pferderennbahn?

Verunsichert blickte sie von einem zum anderen.

Der Blick der Zwillingsgroßmutter ruhte warm auf ihr, als sie amüsiert seufzte: „Ach, Kindchen, du verstehst gar nichts, nicht wahr?"

Sophia schluckte. Sie wollte nicht involviert werden.

Für diesen Tag hatte sie genug gesehen und gehört.

Schade, die Option mit dem Aufwachen hatte sich erübrigt.

Sie sah Regina hilflos an, was diese als Aufforderung deutete, aufzuklären: „Weißt du, wir standen damals vor der Wahl: Das Volk wurde immer unzufriedener, und wir traten in Verhandlungen mit den Regenten des Ostteils dieses Landes. Es musste etwas geschehen, und wir einigten uns auf ein Pferderennen als Entscheidung. Die Entscheidung, ob die Grenze aufrechterhalten werden sollte oder nicht. Mein Pegasus war der Schnellste."

Sie lächelte stolz und ergänzte sachlich: „Der Rest war ein Leichtes. Das Ganze so hinzustellen, als wären irgendwelche Politiker verantwortlich und der ganze Kram. Naja, das Übliche."

Sophias Augen wanderten zu Jos teilnahmsvollen Blick, als er nickend bestätigte: „Ein Pferderennen für eine Grenze. Ich fürchte, jetzt überfordern wir dich."

Sie dachte daran, wie sie Vincents Andeutungen vorhin schon keinen Glauben schenken konnte und erinnerte sich an ihren Geschichtsunterricht, an die bekannten Bilder, die damals rund um die Erde gegangen sein mussten. Spätestens an jedem 3. Oktober wurden sie wieder im Fernsehen gezeigt. Die Reden der Politiker, Menschen, die mit Hämmern auf die Mauer einschlugen und feierten. Sie dachte an die Erzählungen von denen, die dabei gewesen waren. Sie selbst war ja gerade erst geboren worden. Aber später hatte sie es erzählt bekommen und verstanden. Und geglaubt. Natürlich hatte sie es geglaubt! Sollte das alles nicht die Wahrheit sein?!

In ihrem Kopf drehte es sich, sie kämpfte mit Tränen und hatte das vage Gefühl, allmählich verrückt zu werden.

Sie wollte weg. Sie musste weg! Sie wollte einfach nur heim und das alles vergessen.

„Ich möchte nicht unhöflich erscheinen, aber ich würde jetzt gerne nach Hause gehen", sagte sie unbehaglich. „Vielen Dank für Ihre Gastfreundschaft, aber... Es tut mir leid."

„Oh, du bist doch gerade erst angekommen", sagte Regina bedauernd.

„Ich weiß. Es tut mir leid", wiederholte sie matt und Vincent schlug sarkastisch vor: „Versuchs mal mit Hacken zusammenschlagen."

Sophia verstand nicht: „Wie bitte?"

„Na: ‚There's no place like home'. Es ist nirgendwo so schön wie daheim", zitierte er. „Der Zauberer von Oz."

„Wohnt der auch hier?", fragte sie erschöpft. Das hätte sie jetzt auch nicht mehr verwundert, und sie erwartete beinahe, dass der kleine Hund aus dem Film ins Zimmer hopste.

„Oh, Vince, du bist so ein Klotz! Vogelscheuche und Blechmann in Personalunion, kein Herz, kein Verstand", schimpfte Jo bezugnehmend auf die Gestalten aus der Geschichte vom Zauberer von Oz, stand auf und reichte Sophia seine Hand. „Komm! Ich fahre dich. Ich denke mal, nachdem wir nun alle hier sind und uns niemand mehr verfolgt hat, ist es bei dir zu Hause auch wieder sicher. Ich selbst möchte auch los. Bitte entschuldigt, aber es war ein langer Tag für mich, und Anne wartet."

Dankbar griff Sophia nach seiner Hand und stand auf.

Seine Mutter erinnerte ihn: „Ich würde dir gerne Fox und Schneider mitschicken, Joachim. Nur zur Sicherheit, hm?"

Er überlegte kurz, dann willigte er ein. Jemand sollte schließlich auch Vincents Wagen zurückbringen, denn er würde von Sophia aus mit seinem eigenen nach Hause fahren, also telefonierte Marianne mit dem Sicherheitspersonal.

Sophia verabschiedete sich höflich und erleichtert, und Vincent erhob sich und bedankte sich ausdrücklich für ihre Hilfe. Damit hatte sie nicht gerechnet. War es der Anwesenheit seiner Großmutter geschuldet, dass er sich auf gutes Benehmen besann?

Er bot sogar an: „Wenn irgendwas ist, wenn du mal irgendetwas brauchst, melde dich einfach, ok? Ich stehe wirklich in deiner Schuld." Damit holte er ein Kärtchen aus der Gesäßtasche seiner Jeans hervor und drückte es in ihre Hand.

Kapitel 5

Sophia hatte nicht vor, Vincents Angebot anzunehmen, steckte seine Visitenkarte jedoch ein und war schon am Gehen, als Jo zum Abschied in die Runde warf: „Vielleicht könnt ihr derweil die Sache mit Prinzessin Isabella und Mutters abartigen Maßregelungen, was Vince angeht, klären?"

„Joachim!", rief Marianne entrüstet aus und Sophia hatte den Eindruck, als würde er seiner Mutter nicht oft klare Worte entgegenbringen.

„Ist doch wahr", nörgelte er. „Du wirst ihn mit deinem, mit Verlaub, kindischen und nervigen Gehabe nicht weichkriegen. Das müsstest selbst du allmählich begreifen!"

Erstaunt über den Ton seiner Mutter gegenüber schnellten Sophias Augenbrauen in die Höhe.

„Lass dir 'was Effektiveres einfallen! Wenn schon Heirat, könnte Isabellas Familie vielleicht eine angemessene Mitgift beisteuern. Keine Ahnung, wie oder was. Die Thüringer haben's doch dicker als wir. Irgendetwas, das Vince Vorlieben entgegenkommt: ein Jet, eine Yacht... Was weiß denn ich!"

„Willst du andeuten, ich sei käuflich?", knurrte Vincent.

„Du bist käuflich!", schmetterte er ihm mit Bestimmtheit um die Ohren. „Und am besten, sie packen noch ein paar Mätressen mit drauf."

Sophia wartete, verfolgte die Szene von der Tür aus und wurde unruhig. Ihre Heimreise sah sie in einige Entfernung rücken und überlegte schon, ob sie sich heimlich davonschleichen und bei Georg vorn ein Taxi bestellen sollte.

Doch da erhob die alte Dame Regina energisch ihre Stimme: „Niemand kann sagen, ob diese Heirat in irgendeiner Weise zielführend wäre."

„Es ist eine Chance, die wir ergreifen müssen, Mutter", insistierte Marianne eifrig. „Es wird gemunkelt, sie stünden kurz davor, die Grenze wieder hochzuziehen, nur dieses Mal noch weiter westlich! Eine Vereinigung unserer Familien könnte eine Menge Schaden abwenden."

Lässig warf Vincent ein: „Wie wäre es mit einer klassischen Schlacht?", und erntete von ihr einen zutiefst missbilligenden Blick.

Er beugte sich vor: „Im Ernst, Mutter! Selbst wenn es diese Heirat geben sollte, selbst wenn ich mich auf das Spiel einließe, egal, zu welchem Preis", und er funkelte seinen Bruder vielsagend an, „wie Großmutter schon sagte: Woher wissen wir, ob das wirklich so viel bringt? Am Ende hänge ich da in Thüringen fest, dem Land der Bratwürste und Klöße, und alles war für die Katz!"

Seine Mutter sah ihn nachdenklich an und stellte sachlich klar: „Dann haben wir zumindest Zeit gewonnen."

Vincent ließ sich deprimiert gegen die Rückenlehne fallen und lachte bitter.

Verzweifelt drängte Jo: „Es muss doch einen anderen Weg geben! Großmutter! Wo ist deine überschäumende Kreativität in diesen Angelegenheiten geblieben?!"

Alle Augen wandten sich erwartungsvoll der würdevollen alten Dame zu, die grübelnd vor sich hinstarrte.

„Ich lasse mir etwas einfallen", sagte Regina nachdenklich und müde, aber entschlossen und willensstark. „Bring du mal die Kleine jetzt nach Hause, Joachim", und sie warf Sophia an der Tür einen eindringlichen Blick zu: „Sophia, Kindchen, du weißt Bescheid, wie du mit allen Informationen, die du heute erhalten hast, umzugehen hast?"

Sophia nickte zögerlich: „Äh … ja, klar."

Sie hatte es Vincent doch versprochen. Sie hatte Stillschweigen geschworen.

„Du weißt, dass wir dich sonst töten müssen?", machte Regina deutlich.

Sophia schluckte hart, riss entsetzt die Augen auf und wäre nun tatsächlich fast in Tränen ausgebrochen, wenn sie nicht rechtzeitig das kleine ironische Lächeln um ihre Mundwinkel wahrgenommen hätte.

Gleichzeitig kam Jo auf Sophia zu und lachte kopfschüttelnd: „Ach, Großmutter! Jetzt ist es aber wirklich genug! Komm, Sophia, ich erlöse dich. Wir fahren jetzt."

Er legte seinen Arm um ihre Schultern und führte sie hinaus. Sie vergewisserte sich flüsternd: „Das meint sie doch nicht ernst?", und er lächelte: „Nein. Natürlich nicht. Aber du solltest wirklich mit niemandem darüber reden."

Die zwei Sicherheitsleute Fox und Schneider warteten bereits in der Tiefgarage, um Jo und Sophia mit einem zweiten, weniger auffälligen Auto zu begleiten. Ein Mann, den Jo mit Fox ansprach, und eine Frau, beide in dunkelblauen Anzügen, die wie Agenten aus einem Film wirkten: steif, humorlos, dienstbeflissen, die Augen stets überall.

Bevor Jo den Motor startete, warf er Sophia neben sich einen prüfenden Blick zu. „Alles in Ordnung?"

Die Frage kam ihr so lächerlich vor. In Ordnung?! Nichts war in Ordnung! Sie wusste nicht, ob sie lachen oder heulen sollte und fragte sich, ob sich so ein beginnender Nervenzusammenbruch ankündigte.

Aber so, wie er sie ansah, meinte er es ernst und wahrscheinlich mehr in die Richtung, ob er sichergehen konnte, dass sie sich nicht übergeben musste oder Schlimmeres, wenn er jetzt losfuhr.

Sie versuchte zu antworten, aber es kam nur ein tonloses Schluchzen aus ihrer Kehle. „Ich weiß," und seine Hand landete verständnisvoll und beruhigend auf ihrer. „Ich weiß. Ich habe das bei meiner Frau Anne miterlebt, als wir uns kennenlernten."

Jo startete, und Fox und Schneider folgten in ihrem Fahrzeug hinter ihnen durch den Tunnel, durch die geheimnisvolle Garage an die Oberfläche und in Sophias Realität zurück. Währenddessen erzählte Jo, wie er seine Frau kennengelernt hatte: „Sie hatte ursprünglich etwas mit Vince. Nichts Ernstes. Die beiden hatten sich bei irgend so einer Party kennengelernt, bei der Anne als Eventmanagerin beschäftigt war. Sie sind dann in seinem Hotelzimmer gelandet, von wo aus mich sein Notruf erreichte. Du musst wissen", schob er erklärend ein, „Vince lebt gewohnheitsmäßig immer im Hotel, seit er zu Hause ausgezogen ist. Ständig in einem anderen. Das liegt wohl an seiner Bequemlichkeit. Und an seiner Paranoia. Manchmal glaube ich ja, mein Verfolger hat es eigentlich auf ihn abgesehen. Was auch immer derjenige will."

Er kam zurück zu seiner Geschichte und schmunzelte. „Als ich da also eintraf, bot sich mir ein ziemlich skurriler Anblick: Ihm war da so ein, naja, so ein Horn gewachsen. Mitten auf der Stirn! Es war eigentlich lustig. Wie ein Einhorn! So lang und schwer, dass er seinen Kopf kaum gerade halten konnte. Er lag leidend lang ausgestreckt auf dem Bett, das Horn senkrecht über ihm. Anne war noch da und kauerte in einer Ecke mit so viel Abstand zu ihm, wie nur möglich. Ich glaube, sie stand unter Schock. Und dann redeten wir die ganze Nacht und weihten sie ein. Was blieb uns übrig?"

Wieder landete sein Blick im Rückspiegel. Sophia tat es ihm gleich und sah im Außenspiegel beruhigender Weise nur nach wie vor den Wagen von Fox und Schneider.

Jo fuhr fort: „In dieser Nacht haben wir uns ineinander verliebt und wenig später geheiratet. Ganz klein und nur mit Standesamt. Ich bin froh, dass sie sich inzwischen so gut mit der Situation arrangiert. Anfangs hatte sie echt Schwierigkeiten. Bei unserer Heirat sollten nicht mal unsere Familien anwesend sein."

Sophia guckte betroffen. „Oh! Waren die nicht sauer?"

„Doch…", grinste Jo gelassen. „Ich bin nur dankbar, dass Vince es mir nicht verübelt, dass Anne jetzt mit mir zusammen ist. Aber ich glaube, es ist ohnehin noch nie eine Frau bei ihm länger als eine Nacht geblieben. Auch ohne Zauber-Spielchen unserer Mutter. Sie macht das ja nicht jedes Mal."

„Und macht sie das auch mit dir?", fragte Sophia.

„Jetzt nicht mehr. Aber als ich klein war. Einmal hat sie mich in einen Clown verwandelt, weil ich nicht zum Privatunterricht erschienen war. Mit rotem Ball als Nase, den ich nicht herunterbekam, und meine Füße waren doppelt so lang. Ich fand's witzig und spielte dann eben einen halben Tag lang Clown, bis es vorüberging. Ich wusste ja, dass es nicht für ewig war. Ein anderes Mal war ich ein Kaninchen. Das war auch irgendwie unterhaltsam. Sie hat mich noch nie mit ihren Spielchen beeindrucken können. Aber Vince rastet immer völlig aus."

„Ja", grinste Sophia. „So habe ich ihn kennengelernt. Ist schon merkwürdig: Ihr seht euch so ähnlich und seid doch so verschieden."

„Charakterlich sind wir komplett gegensätzlich. Das stimmt. Das war schon immer so."

Sie konnte nicht aufhören, Fragen zu stellen und hoffte, sie würde ihm nicht zu neugierig erscheinen, aber sie wollte zumindest versuchen, das alles zu verstehen.

„Und dieses Zaubern? Können das alle in deiner Familie? Hast du das auch? Dieses …, diese ‚Gabe'?"

„Keine Ahnung. Bei mir habe ich noch nichts in der Art festgestellt. Und Vince? Nein, bestimmt nicht! Großmutter vielleicht. Ich weiß es nicht. Ich weiß generell nicht viel darüber."

„Aber wie funktioniert das auf Distanz?", wollte Sophia wissen. „Wie hat sie das bei Vincent gemacht? Er war doch ganz woanders. Hat sie eine Glaskugel?"

Die Idee amüsierte Jo und er lachte leise: „Nein, nein, nicht so etwas! Sie spürt es irgendwie. Ich weiß es selbst nicht genau. Es muss irgendein sechster Sinn sein."

Sophia fragte weiter: „Und was ist mit eurem Vater?"

Jos Züge verhärteten sich und sie konnte an seinen Kieferknochen sehen, wie er die Zähne zusammenbiss. Sein Blick ging grimmig ins Leere. „Der hat beizeiten das Weite gesucht. Keine Ahnung, wohin. Wir haben keinen Kontakt."

Sie spürte, dass sie einen wunden Punkt getroffen hatte und lenkte schnell ab: „Und du hast eine Gärtnerei?"

Seine Miene hellte schlagartig auf und er lächelte: „Ja, das ist mein Baby!"

Und wie er so er von seinen Pflanzen, vom Duft frischer Erde, dem Grün junger Triebe und der Zartheit von Blüten schwärmte, schweiften ihre Gedanken ab. Durch die Fensterscheibe sah sie die ihr vertrauten Straßen und Häuser vorüberziehen. Es dämmerte und der schöne Frühlingstag neigte sich dem Ende zu. Die Straßencafés hatten sich mit Menschen gefüllt, die sich ausgelassen unterhielten, aßen, tranken, lachten. Ein paar Leute führten ihre Hunde aus. Kinder spielten auf dem Bordstein.

All das nahm Sophia kaum wahr, fühlte sich wie in einem Paralleluniversum. Ihre Gedanken kreisten ausschließlich um diese merkwürdige Familie: Ein Prinz, der ein Gärtner war. Ein Kronprinz, der keiner sein wollte. Eine herrische aber fürsorgliche Mutter mit Zauberkräften, die offensichtlich das Geschehen in dieser Stadt mehr beeinflusste, als irgendein Mensch glauben konnte. Und es gab eine sich anbahnende politische Krise?

Ich werde diese Stadt nie wieder mit denselben Augen sehen, dachte sie ein bisschen wehmütig. Selbst wenn sie versuchte, das Erlebte zu vergessen, selbst wenn es irgendwann lange her sein würde und sie nie wieder mit Jo und Vincent, mit Marianne und Regina zu tun hatte, so würde immer etwas zurückbleiben und etwas in ihr verändert haben.

„Sophia?", holte Jos Stimme sie behutsam zurück und sie warf ihm einen schuldbewussten Blick zu, denn sie hatte die letzten Minuten nicht mehr zugehört und auch nicht bemerkt, dass der Motor aus war und sie vor Sophias Haus standen.

Neben der Fahrerseite tauchte Fox auf, um Vincents Wagen zu übernehmen, nicht ohne vorher kurzen Bericht zu erstatten: „Keine Auffälligkeiten."

Jo bestätigte, ihm sei auch nichts aufgefallen, übergab den Schlüssel und begleitete Sophia ganz gentlemanlike hinauf zu ihrer Wohnung.

„Wirst du klarkommen?", vergewisserte er sich.

Sie warf den Kopf zum Schein unbeschwert in den Nacken und lachte: „Aber klar! Mach dir keine Gedanken!"

Doch der Anblick ihrer offenstehende Wohnungstür ließ ihr das Lachen im Hals steckenbleiben.

Kapitel 6

„Warte! Oh, mein Gott!"

Sophias Herz überschlug sich und ihr stockte der Atem, als sie ihre aufgebrochene Tür in Augenschein nahm, durch den Türspalt lugte und lauschte, ob Geräusche von drinnen zu vernehmen waren.

„Nicht weiter!", flüsterte Jo warnend und zog an ihrem Arm. „Komm mit raus! Ich pfeife Fox und Schneider zurück."

Sie rang nach Atem und folgte ihm zögernd nach draußen, sah sich immer wieder nach ihrer Tür um, während er hektisch mit Schneider telefonierte und Fox, der in Vincents Wagen vor der Tür saß und soeben starten wollte, wild gestikulierend Zeichen gab, so dass dieser alarmiert aus dem Auto sprang.

„Sollte ich nicht lieber die Polizei rufen?", wandte Sophia skeptisch ein.

Jo erklärte: „Sie sind so etwas wie die Polizei."

„Bei ihr wurde eingebrochen", teilte er Fox knapp mit, der kaum wahrnehmbar eine nickende Kopfbewegung machte und die Lage einschätzend an der Fassade emporblickte. Im selben Augenblick hielt Schneider mit quietschenden Reifen quer auf dem Bürgersteig und bot Fox Rückendeckung, als sie flink und vorsichtig gemeinsam das Gebäude betraten.

„Oh, mein Gott!", wiederholte Sophia verzweifelt und hielt sich die Hände vor den Mund.

Das war zu viel! Das war eindeutig zu viel, und Tränen schossen in ihre Augen.

Die Haustür im Auge behaltend versuchte Jo, Sophia zu beruhigen und tätschelte ihre Schultern: „Bleib ganz ruhig! Alles wird gut."

Fox erschien wieder auf der Straße und sagte in seinem gewohnt nüchternen Ton: „Niemand drinnen. Alles durchwühlt. Kommen Sie bitte mit hoch und gucken, was fehlt?"

Wieder brachte Sophia nur ein gequältes „Oh, mein Gott!" heraus und folgte Fox wie in Trance. Jo blieb dicht hinter ihr.

Schubladen standen offen, Papiere lagen auf dem Boden und auf dem Tisch.

„Es wurden keine Spuren hinterlassen, keine Fingerabdrücke", sagte Schneider. „Das war ein Profi."

Unter den prüfenden und abwartenden Blicken von Fox und Schneider ging Sophia verstört ihre kleine Wohnung ab. War wirklich niemand mehr hier? Nein, bestimmt nicht! Sie war sicher, dass diesem stechenden, messerscharfen Blick von Fox bestimmt nichts, aber auch niemals nicht die kleinste Kleinigkeit entging.

Nicht nur im Wohnzimmer, auch im Bad, in der Küche und im Schlafzimmer standen Schränke und Schubladen offen. Wonach hatte der bloß gesucht? Das gläserne Sparschwein voll mit Geldscheinen auf ihrem Tisch war unangetastet, ihr Portemonnaie lag gut sichtbar auf der Ablage neben der Eingangstür. Sie besaß eine echte Perlenkette, die sie unter ihrer Unterwäsche in einer Kommode verwahrte. Die Wäsche war durchwühlt und die Kette lag statt darunter nun obenauf. Fox drängte vorsichtig: „Nun? Fehlt etwas?"

Hilfesuchend guckte sie zu Jo und sagte tonlos: „Ich glaube, nein."

Das ergab keinen Sinn! „Irgendwie fehlt nichts. Da steht Bargeld herum, meine Geldbörse, mein Schmuck, Fernseher, Laptop, alles da."

Schneider rief vom Wohnzimmer herüber: „Hier liegen Dokumente." Sie hatte in der Zwischenzeit eingehend gesichtet, was im Wohnzimmer verteilt und ausgebreitet worden war.

Sie gingen zu ihr hinüber, Fox resolut voran. „Geburtsurkunde, Diplome, Zeugnisse, Kontoauszüge, Gehaltsbescheinigungen, Rechnungen, Korrespondenz", fasste Schneider sachlich zusammen.

„Sieht so aus, als hätte jemand nur etwas herumspioniert, Informationen eingeholt."

Sophia stutzte: „Aber wer sollte … Über mich?!" Wieder traf ihr fragender Blick Jo, und Schneider erklärte: „Naja, Sie sind jetzt eingeweiht."

Sophia fragte Jo zweifelnd: „Deine Mutter?"

„Nein, nein, nein", wehrte er vehement und fast ein wenig erheitert ab. „Sie hat dich doch persönlich kennengelernt. Das können wir definitiv ausschließen! Nein! Definitiv niemand aus meiner Familie! Das wäre auch nicht so offensichtlich abgelaufen."

Sophia schluckte verblüfft, mit welcher Selbstverständlichkeit er das aussprach.

„Denke ich auch", stimmte Fox analytisch zu. „Es sieht wie eine Warnung aus."

„Eine Warnung?", wiederholte Sophia panisch und begriff überhaupt nichts mehr.

Jo nickte. „Du solltest den Schlüsseldienst kommen lassen."

„Ich glaube, das macht hier der Hausmeister", überlegte sie laut.

„Ach Mensch, und ick dachte, ick kann Feierabend machen", hörte sie Hausmeister Paschke in ihr Handy nörgeln, als sie ihm den Einbruch mit der aufgebrochenen Tür meldete, aber er lenkte sogleich ein: „Na, kann man nüscht machen, wa? Ick bin gleich da, Kleene! Fass nüscht an, hörste? Haste de Bullen jerufen?"

Sophia berichtete, dass ‚die Polizei' bereits da sei, und er versprach, sich zu beeilen.

Fox und Schneider waren inzwischen hinaus in den Hausflur verschwunden und Sophia hörte ahnungsvoll Ludmillas Westminster-Ding-Dong.

Sie folgte den beiden und blieb in sicherer Entfernung bei ihrer Tür stehen, als Ludmilla zum zweiten Mal an diesem Tag im Bademantel öffnete. „Bitte?" Fragend blickte sie von einem zum anderen.

Bevor Sophia den Hauch einer Chance hatte, ein entschuldigendes oder erklärendes Wort an sie zu richten, hatten Fox und Schneider bereits irgendwelche wichtig aussehenden Ausweise gezückt und hielten sie Ludmilla vor die Nase. „Kripo Berlin. In Ihrer Nachbarwohnung wurde eingebrochen. Haben Sie irgendetwas bemerkt? Ist Ihnen etwas aufgefallen?"

Ludmilla guckte an den beiden vorbei, sah den Schaden am Türschloss und beäugte Sophia misstrauisch.

„Ich habe nichts damit zu tun!", begann sie, sich zu verteidigen, als hätte man sie beschuldigt. „Ich schwöre! Ich war den ganzen Tag in meiner Wohnung! Und Sophia, wegen vorhin …"

Fox unterbrach sie unsanft: „Das war nicht die Frage. Ob Ihnen etwas aufgefallen ist?"

Verständnislos sah sie ihn an.

Ein Kerl in Unterhosen kam aus Ludmillas Schlafzimmer und schaltete sich ein: „Brauchst du Hilfe, Baby?", fragte er und kratzte sich am Kinn, während er sich näherte.

Sie wandte sich um und rief: „Ob uns etwas… Nein, ich brauche keine Hilfe!"

Wieder an den ungebetenen Besuch vor ihrer Tür gerichtet erklärte sie knapp: „Wir haben nichts bemerkt!"

Fox warf dem Herrn hinter Ludmilla einen fragenden Blick zu, den dieser mit einem Kopfschütteln und Schulterzucken beantwortete. „Nee, was sollte uns denn…"

Ludmilla herrschte ihn an: „Das erkläre ich dir gleich. Geh wieder zurück!"

Zu Fox sagte sie: „Wenn Sie mich jetzt entschuldigen möchten? Oder haben Sie noch weitere Fragen?"

46

Jo war inzwischen dazugekommen und guckte kurz neugierig über Sophias Schulter in den Hausflur und Ludmilla stutzte, als sie ihn bemerkte. War ihr die Ähnlichkeit mit Vincent aufgefallen? Irritiert schien sie sich so gar keinen Reim darauf machen zu können, aber Fox bedankte sich bereits und wandte sich ab, um mit Schneider wieder in Sophias Wohnung zurückzukehren.

„Sag mal", begann Jo leise, nachdem sie die Tür angelehnt hatten, „war das die Nachbarin, von der Vince geredet hatte? Er sagte doch ..."

Sophia nickte und Jo stellte kopfschüttelnd fest: „Wenigstens bleibt er seinem Beuteschema treu."

Aus dem Hausflur war ein atemloses Keuchen zu hören und jemand rief: „Frollein Sophia, ick hab ma beeilt."

Sophia streckte ihren Kopf noch einmal hinaus und begrüßte Hausmeister Paschke, der sichtlich angestrengt mit seinem Werkzeugkasten die Treppe heraufgeeilt kam.

„Nee, nee, nee", redete er vor sich hin, indem er den Schaden an der Tür betrachtete und sich ohne Umschweife an die Arbeit machte. „Die wer'n imma dreister! Naja, ejal! Wozu bin ick Hausmeesta, wa? Kannst weiter mit de Herrschaften vonne Polizei reden, Kleene. Ick brauch nich lange."

„Würde es dir sehr viele Umstände machen, Kaffee zu kochen?", fragte Jo und rieb sich müde über die Augen. „Wir bleiben noch, bis er fertig ist, denke ich."

Sophia blickte von einem zum anderen.

Ihre Wohnung war ihr fremd. Sie selbst war sich fremd. Die Anwesenden in ihrer Wohnung waren wirklich Fremde und dennoch kam es ihr vor, als wären sie im Moment das einzig Sichere. Etwas, an dem sie sich festhalten konnte. Die Vorstellung, sie gehen zu lassen, wenn die Tür repariert war, kam ihr unheimlich vor. Es erschien ihr hoffnungsvoll, den Zeitpunkt möglichst lange hinauszuzögern und steuerte ihre Küche an. „Äh, ja, natürlich. Ich meine, nein, keine Umstände."

Jo folgte ihr, während Fox und Schneider sich weiter im Wohnzimmer umsahen und Hausmeister Paschke geräuschvoll die Tür bearbeitete.

Sophia kramte einen Kaffeefilter heraus und begann wie ferngelenkt mit Kaffeekochen. Jo beobachtete sie und fragte, als hatte er ihre Gedanken gelesen: „Hast du jemanden, den du anrufen kannst? Jemand, der vielleicht heute Nacht bei dir bleiben kann? Dein Freund? Oder jemand aus deiner Familie?"

Sie schüttelte langsam den Kopf und löffelte Kaffeepulver in den Filter der Maschine.

Sie hatte keinen Freund. Ihre Eltern wohnten in der Nähe von Stuttgart, also weit weg. Und denen würde sie nicht einmal von dem Einbruch erzählen wollen. Sie machten sich immer so viele Sorgen.

Ihre beste Freundin Jasmin war die einzige, die sie unter normalen Umständen anrufen konnte, die auch sofort hergekommen wäre, nur war sie seit einer Woche mit ihrem Partner auf einer Kreuzfahrt unterwegs. Sophia erinnerte sich trübselig an die letzte Handy-Nachricht, mit der sie sich verabschiedet hatte: Es war ein Foto beim Auslaufen des Schiffes von Deck zurück auf den Hafen mit den Worten: ‚So, ab jetzt sind wir offline.' Die tägliche Konversation mit ihr per Handy-Nachrichten fehlte Sophia. Aber so musste sie sich auch (noch) keine Gedanken darüber machen, wieviel sie Jasmin von dem heutigen Tag mitteilen würde. Jasmin hatte doch ein Recht darauf, davon zu erfahren, schließlich war sie ihre beste Freundin!

Doch am Ende war es vielleicht doch kein Scherz von Regina, sie dann töten zu müssen?

Sie überlegte weiter und ging all ihre Bekannten durch.

Kollegen? Da hatte sie keine Telefonnummern.

Andere Verwandte, Freunde? Fehlanzeige.

Jo hakte ungläubig nach: „Keiner?"

Sie drückte den Knopf der Maschine auf ‚Ein' und seufzte gedankenverloren: „Nee… Irgendwie…"

Er schien nicht lange zu überlegen, bevor er vorschlug: „Was hältst du davon, wenn du mit zu mir und Anne kommst? Ich würde dich wirklich ungern allein hierlassen. Es ist schon dunkel und du hast mehr Verstörendes als nur diesen Einbruch heute erlebt!"

Sophia warf Jo ein dankbares Lächeln zu und ihre Augen füllten sich mit Tränen.

„Hey", sagte er einfühlsam, als er es bemerkte, nahm sie behutsam in seine Arme und wiederholte sein optimistisches „Alles wird gut."

In seinem Arm zu weinen, war unendlich tröstlich. Und die Gewissheit, diese Nacht nicht allein in ihrer Wohnung verbringen zu müssen, hatte etwas sehr Erleichterndes.

Kapitel 7

Jo telefonierte mit seiner Frau, der die Ankündigung, einen Gast zu beherbergen, offenbar nicht behagte. Er redete auf sie ein, versuchte sie zu überzeugen.

Ein paar Übernachtungs-Sachen waren schnell in einer Tasche verstaut und Sophia hatte sich bereits entschieden, dann eben ein Hotelzimmer zu nehmen, nur für die eine Nacht. Morgen früh würde alles schon wieder ganz anders aussehen.

Sie hielt es nicht für ratsam, mit Jo mitzufahren, wenn er zu Hause auf Widerstand stieß, aber als er ihr während seines Telefonats grinsend mit einem erhobenen Daumen signalisierte, dass er erfolgreich war, machte sich Beruhigung in ihr breit und sie war außerordentlich neugierig, Anne, als ebenfalls ‚Eingeweihte‘, kennenzulernen.

Begleitet von Schneider holten sie Jos Auto und fuhren von ihr eskortiert zu ihm nach Hause. Fox hingegen brachte Vincents Wagen weg.

Sie hielten vor einer schönen Stadtvilla im Grünen. Zu groß für zwei Personen, dachte Sophia, aber vielleicht planten sie ja, Nachwuchs zu bekommen. Platz war jedenfalls für eine ganze Fußballmannschaft.

Der Garten, der das Haus umgab, war raffiniert illuminiert, so dass selbst im Dunkeln zu erahnen war, wie gepflegt er sein musste. Wie von einem leidenschaftlichen Gärtner nicht anders zu erwarten. Sophia war gespannt, die Anlage bei Tageslicht zu sehen.

Schneider blieb im Auto vor der Tür. „Sicherheitshalber. Anordnung der Regentin", erklärte sie und Jo nahm es mit einem Schulterzucken zur Kenntnis.

„Schatz! Bin zurück!", rief er beim Eintreten in das Haus. Als er keine Antwort erhielt, lotste er Sophia ins Wohnzimmer und machte sich auf die Suche.

„Hat sie wirklich niemanden, zu dem sie sonst gehen kann?", hörte Sophia es hinter der Tür wispern und Jo flüsterte: „Ist doch nur für eine Nacht. Ich wollte sie jetzt nicht allein lassen. Wir haben das doch schon beredet."

Dann zeigte sich Jos Frau mit aufgesetztem Lächeln im Türrahmen und Sophia verstand, was Jo mit dem ,Beuteschema' seines Bruders gemeint hatte: blond, schlank, groß, makellose Gesichtszüge, sehr modisch gekleidet. Sie trat ihr höflich entgegen, für Sophias Empfinden jedoch irgendwie kühl, distanziert und unnahbar.

Aber war es ihr angesichts des unerwünschten Gastes zu verdenken? Gewiss hatte sie sich den Abend allein mit ihrem Liebsten anders vorgestellt.

„Hallo! Entschuldige die Unordnung", begrüßte Anne sie. „Ich bin noch nicht dazu gekommen. Sophia, nicht wahr?"

Unordentlich? Sophia sah sich fragend im picobello aufgeräumten Zimmer um und begann: „Es tut mir wirklich leid, dass ich störe ...", doch Jo unterbrach sie energisch: „Ach, Unsinn! Du störst nicht", und warf seiner Frau einen vielsagenden Blick zu. „Es duftet äußerst einladend nach Lasagne, Schatz. Ist sie schon fertig?"

„Ja, Liebling, wir können gleich essen. Zeigst du Sophia vorher bitte die Gäste-Etage?"

Sophia konnte sich des Gefühls nicht erwehren, als traf sie ein abschätzender, musternder Blick von Anne, aber sie versuchte, es an sich abprallen zu lassen. Sollten es die beiden doch unter sich ausmachen, ob ihr Besuch nun willkommen war oder nicht!

Sie wäre jetzt auch lieber in ihrem eigenen Zuhause, wenn sie dort nicht auf Schritt und Tritt vor Augen hätte, dass jemand da gewesen war, der dort nichts verloren hatte, in ihren Briefen gelesen, ihre Sachen angefasst, ja sogar in ihrer Unterwäsche gewühlt hatte, dass jemand in ihr Refugium eingedrungen war, das ihr immer so viel Sicherheit und Geborgenheit geboten hatte.

Die Gäste-Etage in Jos und Annes Haus, die wie eine kleine Wohnung komplett ausgestattet war, hatte Sophia ganz für sich alleine. In einem geschmackvoll eingerichteten Schlafzimmer konnte sie ihre Sachen ablegen und sich im angrenzenden Bad etwas frisch machen.

„Ich habe deinen Anzug in die Reinigung gebracht", ging Anne beim gemeinsamen Abendessen zu allgemeinen Alltagsthemen über. „Isabellas Geburtstag ist doch in zwei Wochen..."

„Ach, richtig, da war ja noch was ...", fiel Jo ein, und er füllte die Teller. „Danke, dass du daran gedacht hast! Du kommst doch mit, Schatz?"

Anne lachte: „Natürlich komme ich mit! Das kann ich mir doch nicht entgehen lassen, endlich meine zukünftige Schwägerin kennenzulernen!"

Er wandte nachdenklich ein: „Das sehe ich noch nicht, dass sie deine ..., unsere Schwägerin wird."

„Aber Marianne spricht von nichts anderem", erklärte Anne, als sei eine bevorstehende Heirat damit manifestiert. „Es scheint doch unabdingbar zu sein."

Ihr Handy klingelte. Mit einem Blick auf das Display entschuldigte sie sich, erhob sich und ging hektisch ran. Im Hinausgehen hörte man sie sachlich und geschäftsmäßig sagen: „Hi. Ich habe den Bericht erhalten. Danke. Sieht unspektakulär aus."

Jo lächelte nachsichtig und erklärte: „Sie ist immer im Dienst. Ist ein echt anstrengender Job als Eventmanager. Aber sie geht dermaßen darin auf!"

Der nächste Happen landete in seinem Mund. „Ist lecker, oder?"

Das konnte Sophia nur bestätigten. Das gute Essen wärmte ihren Bauch und Jos Herzlichkeit wärmte ihre Seele, so dass sie mehr und mehr entspannte.

Sie ließen den Abend bei einem Glas Wein ausklingen und Jo und Sophia berichteten von den Ereignissen des Tages, die Anne teilweise zu einem Lachen hinrissen, weil sie sich selbst wiedererkannte. Wie sie zum Beispiel zum ersten Mal mit Jo durch diese mysteriöse Garage und den Tunnel zum königlichen Domizil gefahren war. Wie sie Marianne und Regina kennengelernt hatte. Und dass Georg immer eine Tüte Backpulver in der Tasche hatte.

Gerade, als Jo schmunzelnd erzählen wollte, was es damit auf sich hatte, klingelte das Telefon.

„Vince?", meldete er sich und sein Gesicht verfinsterte sich besorgt. „Wie ... Verstehe ... Habt ihr euch gestritten? ... Nein, ich gebe dir nicht die Schuld ..."

Er fischte mit dem Telefon am Ohr nach einem Zettel und einem Stift. „Wo seid ihr jetzt? Ich komme hin."

Sophia beobachtete, wie er mit zitternden Fingern eine Notiz machte, während Vincent ihm offenbar eine Adresse durchgab. Dann sprang er auf, um seine Jacke zu holen. „Vince, warte dort. Ich bin unterwegs", hörte sie ihn vom Flur aus. „Nein, das habe ich nicht gesagt, Vince ... Beruhige dich."

„Mutter ist zusammengebrochen", erklärte er knapp, als er sich noch einmal kurz im Türrahmen blicken ließ.

„Ach, du Schreck!", entfuhr es Anne. Sie erhob sich alarmiert und ging auf Jo zu. „'Was Ernstes? Was ist passiert?"

„Keine Ahnung", sagte er ratlos und suchte in den Jackentaschen nach seinem Autoschlüssel. „Sie ist in der Notaufnahme."

Sein müder Blick schweifte Sophia. „Tut mir leid..."

„Es ist in Ordnung, Liebling", beruhigte Anne ihn und begleitete ihn nach draußen. „Geh nur ..."

Sophia saß für eine Weile wie gelähmt allein in Jos und Annes Wohnzimmer, lauschte den Geräuschen, die von der offenstehenden Haustür zu ihr herüberdrangen. Sie hörte, wie Jo Schneider etwas zurief, danach das Zuknallen einer Autotür und das Starten des Motors, dessen Brummen sich entfernte und immer leiser wurde. Dann das Schließen der Haustür und Annes Schritte.

„Hoffentlich wird es nicht so spät", sagte sie gefasst, als sie sich wieder zu Sophia setzte und fragte: „Möchtest du noch ein Glas?"

Sophia schüttelte den Kopf.

„Du musst müde sein. War ganz schön viel heute, nicht?", lächelte Anne matt und verständnisvoll.

„Ich mache mir Sorgen um Marianne…", hörte Sophia sich sagen, obwohl sie die Regentin kaum kannte und sie ihr in keinster Weise nahestand.

Eigentlich machte sie sich Gedanken um das Drumherum. Sie überlegte, was geschehen würde, wenn Marianne etwas Schlimmeres zustoßen würde.

Was geschah mit dem Königreich? Wäre Vincent dann automatisch ‚der Regent'? So etwas wie ein König? Müsste er dann umgehend diese Isabella heiraten?

Oder würde seine Großmutter einen anderen Weg finden, um den ominösen, drohenden Konflikt mit Thüringen abzuwenden?

„Ja …", seufzte Anne gedankenverloren und goss sich selbst ein weiteres Glas ein. „Ich mache mir auch Sorgen." Dann warf sie Sophia einen aufmerksamen Blick zu. „Du hast das heute miterlebt, was sie kann, nicht wahr? Als Vincent bei dir war?"

Sophia begriff, dass Anne das falsch verstanden hatte. „Oh, nein, nein, er war nicht bei mir! Ich meine … Er hat sich nur von meiner Nachbarin zu mir herübergerettet, nachdem Marianne … Aber du", versuchte sie gegenzusteuern und kam sich beinahe zu plump vertraulich vor, als sie nachhakte: „Du hattest damals etwas mit Vincent?"

Anne schaute sie ertappt an: „Hat er das erzählt?!"

„Jo hat es erzählt", stellte Sophia klar, „wie ihr euch kennengelernt habt."

„Ach so …", lächelte Anne und leerte ihr Glas in einem Zug.

„Ja, Vincent …", begann sie, und Bilder der Erinnerung schienen vor ihrem geistigen Auge abzulaufen. „Er ist zweifellos ein attraktiver Kerl. Das kann man nicht leugnen. Und er kann verdammt charmant sein, wenn er will. Ich habe mich damals von ihm blenden lassen. Hätte ich vorher gewusst, dass er einen so viel klügeren und liebenswerten Bruder hat …"

Sie lächelte und verdrehte die Augen.

„Egal, das Schicksal hat es ja gut mit uns gemeint. Wer weiß, ohne Vincent wäre ich Jo wahrscheinlich nie begegnet."

Sie füllte ihr Glas erneut und wurde redselig: „Weißt du: Vincent taugt nichts. Er ist so ein egoistischer …"

Sie seufzte. „Alles dreht sich nur um ihn selbst. Er bekommt nichts auf die Reihe. Ich frage mich, wie er das schaffen will. Als Thronfolger und so."

Ein wenig verständnislos fuhr sie fort: „Und ich frage mich, was an diesen drei Minuten Unterschied in der Geburtsurkunde so wichtig und verbindlich ist. Warum nicht Jo einfach zum Kronprinzen ernannt werden kann, zumal Vincent doch eh keine Lust darauf hat! Jo hat so viel mehr Verantwortungsbewusstsein und diplomatisches Geschick. Er wäre einfach der bessere nächste Regent."

„Ich kenne Jo ja kaum, aber auf mich macht er nicht den Eindruck, als würde er das wollen …", wagte Sophia einzuwenden.

„Oh, doch! Er würde!", sagte Anne mit Bestimmtheit. „Aber er hat sich mit der Situation abgefunden. Ich an seiner Stelle würde kämpfen. Aber Jo ist kein Kämpfer. Ist er nun mal nicht."

Ihr Blick lief ins Leere.

Sophia fragte: „Warum tut Marianne das eigentlich?! Ich verstehe nicht, wie man seine eigenen Söhne dermaßen quälen kann!"

Anne lächelte und erklärte rechtfertigend: „Sie will ihre Söhne nicht quälen, nur schützen, aber sie kann es nicht immer steuern, hat sie mir anvertraut. Meistens passiert es einfach. Sie spürt dann so eine ...", sie zuckte mit den Schultern, „...so eine Unruhe tief in sich drin. Manchmal kann sie es wohl beeinflussen und den Zauber irgendwie lenken oder umlenken, aber selten ganz abwenden. Und meistens geschieht es einfach, sagte sie."

Annes Blick wanderte über ein Bücherregal und sie sprang plötzlich auf. „Komm! Ich zeig dir mal Kinder-Fotos von den beiden. Die waren zu süß, als sie klein waren!"

Damit hockte sie sich hin und zerrte an einem schweren Foto-Album, das sie zu Sophia hinübertrug, vor sie beide auf den Couchtisch legte und sofort mit Blättern und Erzählen anfing.

Nach einer Weile fielen Sophia fast die Augen zu, auch wenn sie es interessant fand, Jo und Vincent als kleine Prinzen zu sehen und amüsante Geschichten dazu zu hören.

Sie merkte, dass sie beinahe eingeschlafen war, als sie vom Geräusch des Türschlosses hochschreckte.

Jo schob seinen Kopf zum Wohnzimmer hinein und gab lächelnd Entwarnung, als die Blicke beider Frauen erwartungsvoll zu ihm aufsahen: „Also ... das wird schon wieder. Sie hat sich ganz heftig den Magen verdorben. Man will sie über Nacht beobachten."

Kapitel 8

Am nächsten Morgen schien die Sonne und Sophia warf staunend einen verschlafenen Blick aus ihrem Gästezimmer-Fenster in den wie erwartet umwerfend angelegten Garten.

Ein Rasen, wie mit der Nagelschere gestutzt, umgeben von wie nach Farbnuancen sortiert blühenden Blumen. Unter einer Trauerweide stand einsam eine einladende Holzbank.

Schmale Kieswege verliefen in sanften Bögen um Beete und kleine Teiche, und Feldsteinmäuerchen säumten einzelne Areale wie Relikte aus alten Zeiten.

Von irgendwoher drang der Duft von Kaffee und Brötchen in ihre Nase und sie beeilte sich, frisch geduscht am gemeinsamen Frühstückstisch zu landen.

Jo fuhr sie nach Hause, verabschiedete sich mit guten Wünschen und Ratschlägen, und sie verbrachte den Rest des Wochenendes mit Aufräumen und Putzen und Desinfizieren.

Allmählich zog der Alltag wieder bei Sophia ein und ihre Arbeit vertrieb alsbald einen Großteil ihrer Gedanken an dieses verrückte und mysteriöse Wochenende, so dass sie die Erlebnisse fast schon erfolgreich verdrängt hatte, als eines Abends Vincent vor ihrer Tür stand. Er war ernst, wirkte angespannt und verhalten.

„Du?", fragte sie ahnungsvoll und unfreundlicher, als sie wollte. Sein Besuch konnte nichts Gutes bedeuten.

Vorsichtiger, als sie es von ihm kannte, erklärte er: „Ich habe deine Nummer nicht. Und du hast dich nicht gemeldet, also dachte ich, komme ich mal vorbei."

„Ganz ehrlich, Vincent? Ich hatte nicht vor, mich zu melden", stellte Sophia klar.

„Oh! Ok. Verstehe", gab er überrascht von sich. „Darf ich trotzdem kurz reinkommen?"

„Du verstehst gar nichts!", warf sie ihm ungehalten an den Kopf. „Euer ganzes …"

Ein Blick auf die gegenüberliegende Wohnungstür ließ Sophia innehalten, als sie realisierte, dass es nicht das ganze Haus und schon gar nicht Ludmilla mitbekommen sollte und gab den Weg in ihre Wohnung frei: „Ja, natürlich. Komm rein."

Vincent schlenderte direkt durch in ihr Wohnzimmer, als sei er dort zu Hause und machte es sich auf dem Sofa bequem, während sie die Tür mit einem unverwandten Blick auf das erinnerungsbehaftete neue Schloss verriegelte und ihm folgte.

„Wie geht es deiner Mutter?", fragte sie der Höflichkeit halber und blieb mitten im Raum stehen.

„Wieder besser. Sie ist zu Hause", berichtete er knapp.

Sie wollte wissen: „Wieso hätte ich mich melden sollen?"

„Ich hatte dir doch angeboten, wenn du irgendetwas brauchst …" Sein Blick glitt abschätzend durch ihr Wohnzimmer. „Ich dachte, dir würden sofort tausend Sachen einfallen. Ich will mich einfach erkenntlich dafür zeigen, was du getan hast. Für deine Hilfe, für deine Zeit und die Nerven, die du lassen musstest."

Es war noch nicht einmal eine Woche her. Warum bedrängte er sie deswegen?

„Nun …", begann Sophia ärgerlich und ein wenig von oben herab. „Im Gegensatz zu dir bin ich nicht käuflich. Ich habe geholfen. Du hast dich bedankt und gut. Du musst mich nicht bezahlen. Wenn ich mir etwas anschaffen will, spare ich dafür. Ich brauche nichts." Jedenfalls nicht von dir, dachte sie, setzte sich auf die Lehne ihres Sessels und wischte nicht vorhandenen Staub von ihrem Glastisch.

„Außerdem …", fuhr sie fort, „weißt du, wie soll ich sagen … Deine

ganze Untergrund-Familie, eure Parallelgesellschaft, eure Heimlich-
keiten … Das Ganze ist mir nicht geheuer und ehrlich gesagt möchte
ich gar nichts damit zu tun haben. Verstehst du?"

Er sah sie nachdenklich an.

„Mh, das ist jetzt blöd, weil …", begann er stockend, senkte den
Blick und atmete tief durch.

Unruhig veränderte er seine Sitzposition und räusperte sich. „Offen
gestanden brauche ich nochmal deine Hilfe."

Aha! Daher wehte der Wind!

Sein nahezu flehentlicher Blick traf Sophia mitten ins Herz, aber innerlich schrillten sämtliche Alarmglocken.

„Pass auf, es ist echt kein großes Ding…", startete er seinen Über-
redungsversuch mit einem aufmunternden Lächeln, richtete sich auf
und stützte die Ellbogen auf seine Knie. „Du sollst mich nur zu einer
Party begleiten, ok? Hast du dir nicht schon immer mal so ein echtes
Designerkleid gewünscht? Mit geilen Schuhen dazu und passendem
Täschchen? Du kannst dir aussuchen, was du willst! Nur abgefahren
muss es sein. Naja, und einigermaßen geschmackvoll natürlich. Wir
fahren zusammen dahin, du lächelst ein bisschen, trinkst Champagner so viel wie du willst, lässt dich mit leckerem Essen verwöhnen
und genießt einfach die Zeit. Nichts weiter. Nach ein paar Stunden
bist du wieder zu Hause. Die Klamotten behältst du. Wie hört sich
das an?"

Er sah sie erwartungsvoll an, als hätte er sie gerade mit einem derart
verlockenden Angebot konfrontiert, das keine Frau auf der Welt aus-
schlagen könnte.

Sophia betrachtete ihn seufzend und fragte skeptisch: „Warum ich?
Und was ist das für eine Party?"

Seine lockere Euphorie, die er eben noch an den Tag gelegt hatte,
als war er nicht davon ausgegangen, weitere Fragen beantworten zu

müssen oder auf Widerstand zu stoßen, wich einem zerknirschten Gesichtsausdruck.

„Es ist Isabellas achtzehnter Geburtstag und meine Familie muss erscheinen", erklärte er. „Du erinnerst dich? Meine vermeintlich Zukünftige. Ich möchte demonstrativ mit einer Frau an meiner Seite dort aufkreuzen. Sie sollen begreifen, dass ich für diesen Teenager nicht zu haben bin."

Ok, alles klar: Er brauchte eine Alibi-Freundin. Sie ließ sich ernüchtert in den Sessel sinken und fragte provokant: „Kennst du nicht zig Frauen, die repräsentativer sind als ich? Und denen so ein Event noch dazu Spaß machen würde?"

„Ja, tu ich", bestätigte er selbstgefällig, „aber keine von denen ist eingeweiht und soll es auch nicht werden."

„Aber ich möchte das nicht", versuchte sie klarzustellen, doch er ignorierte ihre Ablehnung, als sei das keine Option.

Sein Blick fiel auf die Modezeitschrift, die auf Sophias Couchtisch lag. Das Heft, mit dem sie ihn vor einer Woche fast erschlagen hätte. Er drehte es in ihre Richtung und deutete auf das Cover. Ein stark geschminktes Model mit blondem Walla-Haar räkelte sich darauf in einem hautengen Haute Couture-Kleid.

„Hier, so ‚was zum Beispiel", beharrte er auf seiner Überzeugungsmethode, jede Frau mit teuren Klamotten ködern zu können. „Wolltest du nicht schon immer mal so‚n Teil haben?"

Seine Hände begannen wild durch die Seiten zu fliegen. „Oder so ‚was? Oder hier ... Mit Schleppe."

„Ja, und ‚Täschchen' ...", stoppte sie seinen Eifer grimmig. „Sag mal, für was hältst du mich eigentlich? Guck mich doch an! Ich bin der klassische Jeans-T-Shirt-Typ. Ich trage nicht mal im Büro einen Rock. Und Designer-Klamotten schon gar nicht! Ich mach mir nichts daraus. Und es würde mir auch nicht stehen. Das kannst du vergessen!"

Er grinste selbstsicher: „Keine Sorge, wir schicken dich vorher zum Stylisten. Der macht aus dir eine wahre Prinzessin."

Sie war nicht sicher, ob das ein Seitenhieb auf ihr Äußeres sein sollte, aber sagte abschließend und eindringlich: „Und ich wiederhole, Vincent: Ich bin nicht käuflich!"

Er merkte, dass er auf diese Tour nicht vorankam und setzte nun einen herzzerreißenden Dackel-Welpen-Blick auf. „Sophia, bitte! Ich brauche dich."

Diesen Blick musst du lange vorm Spiegel geübt haben, dachte sie bitter, denn er war fraglos unwiderstehlich. Sie wollte die Augen schließen oder wenigstens woanders hinsehen, aber dem samtenen Ton seiner Stimme würde sie dann auch nicht entkommen, als er fortfuhr: „Nur dieses eine Mal. Ich weiß mir wirklich nicht mehr anders zu helfen. Und ich bin es so leid. Ich kann das nicht mehr. Ich will nicht mehr!"

Er schüttelte verzweifelt den Kopf und Sophia hatte den Eindruck, er könnte gleich anfangen zu heulen.

„Wollte sich deine Großmutter nicht etwas einfallen lassen?", erinnerte sie ihn.

Resigniert entgegnete er: „Sie hat keine Ideen. Sie ist eben auch schon alt. Aber wir sind uns einig, dass es momentan wichtig ist, für gute Stimmung zu sorgen, und da kommt dieser Anlass wie gerufen. Nur, dass ich eben nicht als Objekt der Begierde da auf dem Präsentierteller landen möchte."

Sein Blick durchbohrte sie und er wiederholte: „Ich brauche dich, Sophia."

Seine Worte landeten mitten in ihrer mitfühlenden Helfer-Seele. Sie kam nicht dagegen an, so sehr sie sich sträubte.

Er brauchte sie wirklich. Diesen ‚Job' konnte niemand anderes erledigen.

„Hey, und vielleicht wird es wirklich ganz lustig", versuchte er, ihnen beiden das Ganze schmackhaft zu servieren. „Wir machen einfach das Beste daraus und haben Spaß. Die sollen 'ne geile Hütte da zu stehen haben. Und eine Live-Band wird da sein. Irgend so 'ne angesagten Teenie-Rocker! Und sie haben eine Dachterrasse mit Pool und ... Ach ja, ein neuer Bikini für dich wäre natürlich auch drin!"

Ich trage keine Bikinis und habe auch keine Lust auf Pool und Band, dachte Sophia und atmete tief durch.

War ja nun auch egal. Sie hatte sich entschieden. Sie würde ihn begleiten. Sie würde Vincent tatsächlich begleiten!

Um ihn noch ein bisschen zappeln zu lassen, bevor sie zusagte, blätterte sie gemächlich durch die Seiten der Zeitschrift auf der Suche nach etwas Schockierendem und wurde fündig: ein bodenlanges, kanarienvogelgelbes Rüschenkleid, dass so ziemlich das Hässlichste war, was es in dieser Zeitschrift zu entdecken gab.

Langsam drehte sie es Vincent zu und gab überzeugend vor: „So etwas hätte ich gern."

Sie sah ihm an, wie er seine Abscheu unterdrückte, wie er schluckte, wie er versuchte, keine Miene zu verziehen. Er starrte ein paar Sekunden das Foto an, dann blickte er Sophia fest und prüfend in die Augen: „Du willst mich verarschen, oder?"

Sie kicherte und freute sich über den gelungenen Scherz.

„Heißt das, dass du mitkommst?", hakte er erleichtert nach.

„Wer könnte zu so einem verlockenden Angebot schon Nein sagen?", entgegnete sie ironisch. „Wann und wo soll das stattfinden?"

„Nächstes Wochenende", erklärte er. „Es wird in der Nähe von Erfurt sein."

Sophia fragte: „Was hält deine Familie von der Idee?"

„Die wissen noch gar nichts davon. Aber, hey …", lächelte er nun wieder optimistisch. „Sie werden sich freuen, dich wiederzusehen! Schließlich hast du so etwas wie einen Status bei uns: den ‚Lebensretter-Status'."

Sophia freute sich eigentlich auch, Jo und Anne wiederzusehen. Und Vincents Großmutter natürlich, die irgendwie süß war. Und ja, ebenso Marianne, auch wenn sie ihr mit ihren Hexenkünsten mehr als unheimlich war.

„Es wird so laufen", erläuterte er, „ich schicke dir Samstagvormittag unseren Stylisten herum, ihr geht schön shoppen, er macht dich zurecht, ich hole dich nachmittags ab. Du und ich, wir beide fahren in meinem Wagen, Jo und Anne kommen mit ihrem eigenen Auto und meine Mutter lässt sich in ihrer Limousine chauffieren. Großmutter ist die lange Fahrt zu beschwerlich. Sie wird zu Hause bleiben."

Schade. Seine Großmutter war eine wirklich bemerkenswerte Frau und Sophia hätte sie gern dabeigehabt.

„Dann wird da so ein Champagner-Empfang sein", erzählte er weiter. „Wir mischen uns ein bisschen unters Volk, testen den Pool, lästern über die Musik, haben Spaß bis zum Feuerwerk und sind vor Mitternacht wieder zurück. That's it! Ganz schmerzlos. Du brauchst nichts zu tun. Nur anwesend sein und nett aussehen."

Sophia schmunzelte: „Vor Mitternacht … Wie bei Cinderella, ja?"

„Ja, genau", grinste er, „bevor mein Auto sich in einen Kürbis zurückverwandelt."

Kapitel 9

Wie aufgetragen meldete Sophia sich bei Stylist und Make-Up-Artist Jermain, um sich mit ihm abzustimmen. Er erkundigte sich unter anderem nach ihrer Konfektionsgröße, ihrer Haarlänge und ihrer Ringgröße. Er erklärte, dass er natürlich auch ‚angemessenen‘ Schmuck mitbringen würde, und wenn sie ihre Ringgröße nicht kannte, sollte sie wenigstens einen gut passenden Ring ausmessen. Das ginge auch.

Die ganze Woche über steigerte sich Sophias Nervosität vor ihrem Auftritt am Thüringischen Hof, und es fiel ihr schwer, sich auf ihre Arbeit zu konzentrieren.

Immer mehr realisierte sie mit Unbehagen, dass alle Augen dort auf sie gerichtet sein würden.

Und als Belohnung hatte sie am Ende ein vermutlich sündhaft teures Kleid, für das es nie einen Anlass geben würde, es ein zweites Mal zu tragen, also plante sie jetzt schon, es zu verkaufen.

Pünktlich wie verabredet stand dieser Jermain also Samstagvormittag vor Sophias Tür.

Wieso erstaunte es sie nicht, dass er wie ein Abziehbild sämtlicher Stylisten aus dem Fernsehen wirkte, angezogen wie ein Papagei, übertrieben affektiert sprechend und gestikulierend, als müsse er ein Klischee bedienen, und seine unruhige Nervosität übertrug sich eins zu eins auf Sophia, die ohnehin schon aufgeregt war.

„Hach, meine Liebe, du bist ja noch viel süßer, als Vincent es versprochen hat! Guten Morgen“, flötete er zur Begrüßung mit Küsschen links und Küsschen rechts, und Sophia glaubte, sich verhört zu haben: Hatte Vincent sie tatsächlich als ‚süß‘ bezeichnet?

Aber sie kam nicht dazu, nachzufragen, denn schon war er durch die

Tür gerauscht und trieb sie an: „So, jetzt schnell, hopp, hopp! Nimm dein Täschchen und dein Jäckchen. Wir haben nicht viel Zeit."

Er fuhr mit ihr zum Kurfürstendamm, und sie befürchtete bereits, sämtliche Nobel-Boutiquen längs des extravaganten Boulevards durchkämmen zu müssen, aber Jermain wählte gezielt eine bestimmte aus, in der es Kleider gab, die auf alle Fälle Vincents Geschmack treffen würden.

Die Farbe Rot sei dem Anlass gebührend und passend. Und kurz sollte es sein. Ein knallrotes Seiden-Etuikleid wurde herausgesucht. Nicht genug, dass Sophia sowieso von allen beäugt werden würde, jetzt sollte es auch noch eine Signalfarbe sein! Sie selbst hätte sich für Schwarz oder zumindest gedeckte Töne entschieden und konnte Jermain am Ende auf ein einigermaßen dezentes bordeauxrotes Exemplar ‚herunterhandeln‘.

Schuhe und passende Unterarm-Tasche waren schnell gefunden, Jermain zahlte mit Karte einen vierstelligen Betrag, den Sophia nicht genau in Erfahrung bringen konnte, und schon ging es rasant nach Hause, wo er ihr eine elegante Hochsteckfrisur und zartes Make-Up verpasste.

Dabei plapperte er unaufhörlich über die derzeit angesagten Modetrends und über Prominente, deren Namen Sophia nichts sagten. Sie konnte ohnehin kaum folgen, war nervös und angespannt.

Zum Abschluss legte er ihr den mitgebrachten Schmuck an. „Gott sei Dank! Du hast Ohrlöcher! Sonst müsste ich dir jetzt auf die Schnelle welche stechen."

Es gab zwei kleine Diamant-Ohrstecker, einen Diamantring von dem Kommentar begleitet: „Sollen die sich doch das Maul zerreißen, ob das ein Verlobungsring ist", und eine Kette mit Anhänger in Form eines verschnörkelten ‚VP‘.

„VP? Was soll das bedeuten?", fragte sie.

„Na, das sind Viktor Philips Initialen, was dachtest du denn?"

„Ist das nicht ein bisschen dick aufgetragen?"

Er warf theatralisch die Hände in die Höhe und verdrehte die Augen. „Süße, das ist mir so egal! Vincent möchte es so, also trag sie bitte. Kette und Ring darfst du behalten, die Ohrstecker gehören der Mutter der Regentin, die musst du hinterher wieder abgeben."

Über den Wert des Schmuckes wagte Sophia keinen Gedanken zu verschwenden. Er überstieg gewiss ein Monatsgehalt! Wenn das mal reichte.

Ihr gefiel, was sie sah, als sie ihr Spiegelbild betrachtete. Ein bisschen kam sie sich tatsächlich wie Cinderella vor.

Vincent erwartete sie vor ihrer Tür lässig an ein schwarzes Sportwagen-Cabrio gelehnt, offenbar sein Zweitfahrzeug, und musterte sie grinsend. „Das hat Jermain aber gut hinbekommen!", bemerkte er und hielt ihr die Beifahrertür auf.

„Ja, finde ich auch", gab sie beim Einsteigen schnippisch zurück, ein bisschen verdrossen darüber, dass er es nicht über die Lippen brachte, zuzugeben, dass sie gut aussah, und sie schluckte ein Kompliment zu seinem grauen Anzug herunter, der ihm wirklich ausgezeichnet stand.

Stattdessen fragte sie mit einem Seitenblick auf seine weißen Sneakers: „Du hast aber noch andere Schuhe dabei, oder?"

„Wieso?", fragte er missmutig. „Was hast du daran auszusetzen? Das sind meine Lieblingstreter. Die waren nicht so leicht zu bekommen ..."

„Ich weiß", unterbrach sie ihn seufzend. „Limited Edition."

„Na, siehst du", sagte er zufrieden, startete den laut dröhnenden Motor und fuhr los.

Sie fragte: „Muss ich wirklich diese plakative Kette tragen?"

„Ja", gab er knapp Auskunft, ohne den Blick von der Straße zu wenden, schob seine Sonnenbrille von der Stirn hinunter auf seine Nase und stellte die Musik lauter, als sei es nun genug mit Konversation. Die Bässe dröhnten die halbe Straße hinunter, und hier und da drehte man sich neugierig oder kopfschüttelnd nach ihnen um.

Als sie die Stadt verlassen hatten und auf die Autobahn kamen, bekam Sophia trotz des Windschotts Sorgen wegen ihrer kunstvollen Frisur und bat Vincent anzuhalten.

Sie musste rufen, damit er sie hörte.

„Warum soll ich anhalten? Was ist? Ist dir schlecht?", gellte er gegen die Lautstärke des Fahrtwinds, der Musik und des Motors an.

„Du musst das Dach schließen!", rief sie.

„Bist du blöd?" warf er ihr gereizt an den Kopf. „Ich fahre bei dem Wetter doch nicht mit geschlossenem Dach!"

„Aber meine Frisur droht sich aufzulösen. Halt an!"

Er schnaubte verächtlich, schien jedoch überredet zu sein und stoppte auf dem Standstreifen. Unwillig drückte er auf den Knopf, der das Dach automatisch schloss.

„Und vielleicht kannst du andere Musik machen? Ich kann dieses Hiphop-Zeug nicht ausstehen ..."

Genervt schaltete er die Musik aus. „Noch 'was?!"

„Allerdings. Ich finde es nicht gut, dass du beim Autofahren Bier trinkst."

„Oh, Mann! Komm wieder runter!", schimpfte er und rechtfertigte sich, als sei es plausibel: „Das ist nur, um meine Nerven zu beruhigen."

„Scheint nicht zu funktionieren ...", murmelte Sophia leise vor sich hin, was ihm offenbar den Rest gab.

„Sag mal", herrschte er sie ungehalten an, „meinst du, nur weil du wie eine verdammte Prinzessin aussiehst, musst du dich auch wie eine aufführen?!"

Wenn das ein Kompliment war, hatte er es erfolgreich bis zur Unkenntlichkeit entstellt, überlegte sie und verstand nicht, warum er so herablassend mit ihr umging.

Ärgerlich konterte sie: „Ach, und meinst du, nur weil du ein dahergelaufener Kronprinz bist, kannst du mich wie den letzten Dreck behandeln? Du vergisst offenbar, warum ich das hier mache!"

Unbehaglich zupfte sie am Saum des Kleidchens, das ihr mit einem Mal viel zu kurz vorkam. Sie warf Vincent einen feindseligen Blick zu, den er grimmig erwiderte. Dann wanderte sein Blick wie nebenbei an ihren zart transparent bestrumpften Beinen hinab, was sie unwillkürlich ihre Knie noch fester zusammenpressen ließ.

Mehr zu sich selbst kommentierte er: „Immer dasselbe: Kaum trägt 'ne Frau High Heels, muss sie sich wie 'ne Zicke benehmen!"

Sophia beschloss: „Ok, Vincent! Es reicht!"

Damit stieg sie wutentbrannt aus, knallte die Tür energisch zu und stakste in entgegengesetzter Richtung davon.

Er sprang sofort aus dem Wagen und lief ihr hektisch hinterher.

„Sophia! Warte! Wo willst du denn hin?!"

Sie wusste es auch nicht, ging einfach stur auf dem Standstreifen der Autobahn weiter, zurück Richtung Stadt.

Er spurtete ihr nach, umrundete sie und verstellte ihr den Weg.

„Sophia!"

Böse funkelte sie ihn an und rang wütend nach Atem.

Seine Stimme wurde sanft: „Hey ... Es tut mir leid."

Für ein paar Sekunden standen sie sich gegenüber: sie wütend und auf dem Sprung, bereit, endgültig abzuhauen, er unschlüssig, verzweifelt, reumütig.

Der Verkehr rauschte unaufhörlich an ihnen vorbei und wirbelte Staub auf, und die Sonne strahlte ahnungslos auf sie beide hinunter und war eifrig dabei, auch noch das letzte Wölkchen am Himmel zu vertreiben.

Bevor Vincent die Chance hatte, wieder seinen Dackel-Welpen-Blick aufzusetzen, sagte Sophia mit fester Stimme: „Ich erwarte, dass du mich mit ein bisschen Respekt behandelst und ..." Verhalten ergänzte sie: „Etwas wie Dankbarkeit. Wie soll das funktionieren heute, wenn du dich wie ein ... Wenn du dich so verhältst?"

Er seufzte. „Du hast ja recht. Es tut mir leid. Wirklich. Ich bin dir dankbar. Das musst du mir glauben. Vielleicht bin ich nur wahnsinnig nervös. Und ich ..."

Ungeduldig sah er zu seinem Wagen und forderte sie mit einer Geste auf: „Komm, steig wieder ein. Bitte."

Sie warf ihm einen resignierten Blick zu. Tief durchatmend machte sie kehrt, ließ ihn stehen und begab sich zurück zum Auto. Er überholte sie, um ihr die Tür zu öffnen.

Als sie wieder in dem tiefen Ledersitz Platz nahm, blieb er an der offenen Autotür stehen, beugte sich zu ihr hinunter und sagte versöhnlich: „Du siehst umwerfend aus. Ehrlich."

Überrascht und irritiert sah sie zu ihm auf und gab leise zurück: „Du auch."

Er antwortete mit einem zufriedenen Lächeln und schloss behutsam die Tür.

Kapitel 10

Sie setzten die Fahrt fort. Er erkundigte sich, welche Musik sie mochte und suchte etwas Passendes heraus. Was sie sonst noch so hörte, fragte er.

Sie stellten überrascht fest, dass es etliche Bands und Musiker gab, die sie beide gut fanden.

„Weißt du, Vincent … Eigentlich kannst du richtig nett sein", gestand Sophia nach einer Weile angeregter Unterhaltung. „Warum musst du dauernd den Kotzbrocken raushängen lassen?"

Er sagte nichts, aber sie konnte aus dem Augenwinkel wahrnehmen, dass ihre Frage ihn traf, und zum ersten Mal seit bestimmt einer Stunde wechselte er von der linken auf die rechte Autobahnspur und drosselte seine Geschwindigkeit.

„Ich hasse mein Leben!", presste er hervor und blickte starr auf die Straße vor ihnen. „Ich hasse das alles! Ständig dieser Druck auf mir. Ständig dieses Wissen um die Verantwortung, die irgendwann mal auf mir lasten wird. Klar, ich kann mir leisten was ich will. Ich kann mir alles kaufen. Von außen betrachtet habe ich ein geiles Leben. Aber ich hasse es! Und ich kann nicht tun, was ich will! Wusstest du, dass ich das Land nicht verlassen darf? Abgesehen davon, dass meine Kreditkarte außerhalb Deutschlands nicht geht, was ja nicht schlimm wäre, aber meine Papiere haben keine Gültigkeit. Ich bin erst einmal in meinem Leben im Ausland gewesen. Kannst du dir das vorstellen?! Und glaub mir, das war eine Katastrophe!"

Seine plötzliche Offenheit beeindruckte Sophia und sie guckte anteilnehmend zu ihm herüber. „Was war passiert?"

„Ich war mal heimlich mit dem Auto in Holland", plauderte er. „Wollte gucken. Marihuana kaufen. Also hob ich eine gute Menge Bargeld ab und fuhr rüber. Ich hatte die Grenze keine zehn Minuten hinter mir, als ich wegen zu schnellen Fahrens angehalten wurde."

Warum überraschte Sophia diese Tatsache nicht?

Er erzählte weiter: „Schnell mal die Strafe zahlen war nicht. Die wollten meinen Ausweis sehen. Und weil sie mit meinen Papieren nichts anfangen konnten, musste ich unseren Hof-Anwalt kontaktieren, der eigens anreiste, um mich da rauszuhauen."

„Ist es nicht immer so", überlegte Sophia laut, „dass wir das am meisten vermissen, was wir nicht haben können? Warum hat es so große Wichtigkeit für dich, in andere Länder zu reisen?"

„Du verstehst das nicht ...", sagte er frustriert, indem er eine Ausfahrt zu einem Rastplatz ansteuerte.

Als er den Wagen zum Stehen gebracht hatte, wandte er sich ihr zu.

„Ich will andere Blickwinkel, meinen Horizont erweitern, im wahrsten Sinn des Wortes. Und das geht nicht mit Lesen oder erzählt bekommen oder mit Filmen. Ich will das sehen, ich will das erleben: zum Beispiel über einen türkischen Basar schlendern und die Gewürze riechen, Stoffe berühren, mit Händlern um Cent-Beträge feilschen, deren schräge Musik hören, das Stimmengewirr, andere Mentalitäten erleben ..."

Sein Blick schweifte träumerisch in die Ferne. „Nach ein paar Schnorchel-Runden oder einem Segeltörn, meinetwegen im Pazifik oder in der Karibik, an einem Strand im warmen Sand sitzen und beobachten, wie die Sonne gemächlich vom Meer verschluckt wird und den Himmel in allen möglichen Farben aufleuchten lässt. Ich will den Duft des Ozeans aufsaugen, die salzige Luft auf meiner Zunge schmecken und die Meeresbrise auf meiner Haut spüren. Ich möchte durch ein Lavendelfeld in der Provence streifen, meine Füße auf altehrwürdige Felsen stellen, wie den Grand Canyon oder Ayers Rock."

Sein Blick landete wieder bei Sophia. „Aber du hast recht: Es gibt Schlimmeres, als dieses Fernweh. Weißt du, was mich wirklich belastet? Ich habe keine Freunde. Ich kann im Grunde niemandem vertrauen. Mein bester Freund ist Jo." Nachdenklich fügte er an: „Mein einziger."

Ein sarkastisches Lachen verließ seinen Mund: „Wie bekloppt ist das denn?!"

Nach kurzem Zögern gab er aufrichtig zu: „Du bist der erste Mensch von ‚Außen', dem ich ansatzweise vertraue, Sophia. Keine Ahnung, warum. Du bist einfach … Es tut mir leid, wenn ich so einen beschissenen Eindruck auf dich mache."

Dann grinste er: „Pinkelpause?"

Je mehr sie sich nach der kurzen Unterbrechung Erfurt näherten, umso stiller wurden sie beide.

Sophia dachte darüber nach, was Vincent über sein Leben gesagt hatte. Das Gefühl machte sich in ihr breit, er habe ihr mehr über sein Innerstes anvertraut, als er geplant hatte.

Nun begann sie, seine sarkastische Haltung ein bisschen besser zu verstehen, sein ungerechtes Auftreten und seine generelle Unzufriedenheit.

Bei Erfurt bogen sie auf eine schmale Landstraße ab, passierten Pferdekoppeln und blühende Obstbaum-Plantagen bis sie ein abgelegenes, riesiges Anwesen mit einer Villa erreichten, die einen eigenwilligen Stil-Mix aufwies: Der untere Teil mutete zwar hochherrschaftlich klassizistisch an, jedoch der obere Bereich war modern und musste erst kürzlich hinzugefügt worden sein.

Rasen, Bäume und Hecken umgaben das Ganze wie wahllos dahin gewürfelt, was es ungezwungen und einladend erscheinen ließ.

Einige Menschen standen mit Geschenken, Blumensträußen oder Luftballons am Eingangsportal bis auf die breite Freitreppe hinunter an, um vom Geburtstagskind empfangen zu werden.

Vincent parkte am abgelegensten Ende des ausladenden Parkplatzes, hielt Ausschau nach dem Rest seiner Familie.

„Ah… Mutter ist auch noch nicht ausgestiegen", bemerkte er mit Blick auf eine dunkle Limousine, die in der Nähe des Eingangs stand. „Sie scheint auch abzuwarten, bis sich der erste Andrang verflüchtigt hat."

Er trank sein Bier leer, atmete tief durch und schob sich einen Kaugummi in den Mund.

Ein weiterer Wagen kam neben ihnen zum Stehen und Sophia erkannte Jos Auto.

„Showtime!", kündigte Vincent angespannt an und öffnete die Fahrertür.

Jo war schneller an Sophias Seite als Vincent und öffnete gut gelaunt und verwundert ihre Tür.

„Hey, Überraschung! Wen haben wir denn da?! Vince hat gar nichts verraten", begrüßte er sie überschwänglich, reichte ihr seine Hand und half ihr, aus dem tiefen Sitz zu kommen. Er hielt ihre Hand noch weiter, als sie auf ihren Stilettos zum Stehen kam, wich einen Schritt zurück, pfiff durch die Zähne und musterte sie.

„Jo!", mahnte Anne fröhlich, „beherrsch dich."

„Ja, aber guck doch: Sieht sie nicht fantastisch aus?! Erzählt mir nicht, das war Jermain", lachte er, zwinkerte Vincent zu und umarmte Sophia sachte.

„Ach, Moment ..." Er warf seinem Bruder einen ahnungsvollen Blick zu. „Ich verstehe: Vince spielt sein Spiel, richtig? Oder habe ich etwas verpasst? Seid ihr am Ende ... nein, oder? Ihr seid nicht wirklich zusammen?"

Sophia stellte schnell klar: „Nein! Natürlich nicht!"

Er deutete auf ihren VP-Kettenanhänger. „Na, und das ist ja die absolute Krönung!"

„Tja, wenn schon, denn schon", statuierte Vincent.

Gemeinsam schätzten sie die Lage am Hauptportal ab. Die Warteschlange hatte sich mittlerweile fast aufgelöst, man stand kaum noch an, also entschlossen sie sich, hineinzugehen, nicht ohne Marianne vorher bei ihrer Limousine abgeholt zu haben.

In einiger Entfernung machte Sophia Fox und Schneider aus, die bei ihrem Wagen standen und ernst hinübernickten.

„Was macht sie denn hier?", war das erste, was Marianne beim Aussteigen mit Blick auf Sophia von sich gab.

„Sie begleitet mich", entgegnete Vincent selbstsicher lächelnd. „Was willst du dagegen tun?!"

Marianne war anzumerken, wie sie innerlich brodelte. „Hast du dir ja schön ausgedacht, Viktor Philip! Du verdirbst alles!"

Sie griff nach Sophias Hand und nahm ihr mit ihrer Freundlichkeit schnell das ungute Gefühl, deplatziert zu sein: „Nichts für ungut, Sophia. Es ist nicht gegen dich. Schön, dich wiederzusehen."

Mit entschlossenem Blick zum Haus seufzte sie: „Dann werden wir mal!"

„Sind die Leute hier alle ‚eingeweiht'?", fragte Sophia Vincent, als sie zu fünft auf das Haus zusteuerten.

„Nein", antwortete er. „Das ist eine geteilte Veranstaltung. Zu den unteren Räumen haben nur wir Zutritt. Der eigentliche Kindergeburtstag findet oben statt."

Vom Dachgarten her war ausgelassenes Lachen, Gejohle und Planschen zu hören, wie aus einem Freibad.

„Du kannst dich frei bewegen, oben zum Pool gehen oder dich unten in den Salons aufhalten. Du hast Zugang zu allen Bereichen im ganzen Haus. Die nicht ‚Eingeweihten' werden vom Eingangsfoyer direkt nach oben gelotst."

Marianne krümmte sich plötzlich anfallartig, stöhnte und presste mit schmerzverzerrtem Gesicht eine Hand auf ihren Magen.

Alle blieben besorgt stehen. „Ist das immer noch nicht besser?", fragte Anne und stützte sie.

Sie winkte gequält ab. „Das geht schon. Ich fühle mich nur etwas schlapp."

„Wir sollten zurück zur Limousine gehen, damit sie sich setzen kann", schlug Jo vor.

Marianne hingegen straffte ihre Haltung, sagte: „Papperlapapp!", und ging zielstrebig vor.

Sie, Jo und Anne beglückwünschten Isabella als erste und begrüßten weitere Anwesende, die sie kannten.

Dann war Vincent an der Reihe.

„Happy birthday, Bella."

Bella. Das klang außerordentlich charmant, zumal auch niemand sonst sie so ansprach, stellte Sophia fest, die schräg hinter ihm stand und sah, wie Isabella ihn anhimmelte. Sie wirkte noch sehr kindlich mit ihrer mädchenhaften Figur und einem Rest Babyspeck im zart geröteten Gesicht und schien förmlich in seinem Blick zu versinken. „Viktor Philip!" Dann fiel ihr ein: „Ach, nee, sorry: Vincent. Ich weiß ja."

Ob er das auch merkte?

„Ich hatte Angst, du würdest nicht kommen", seufzte sie dramatisch und fiel ihm um den Hals.

Er lachte: „Aber hör mal! Ich kann doch den achtzehnten Geburtstag meiner Lieblingsprinzessin nicht auslassen."

Vorsichtig griff er nach ihren Handgelenken, um sich aus ihrer Um-klammerung zu lösen und verfiel in einen Smalltalk: „Lange her, dass wir uns gesehen haben. Haben sie dir endlich dein ewig gewünschtes Pony geschenkt?"

„Besser: mein eigenes Rennpferd", trumpfte sie auf. „Ponys und gewöhnliche Pferde habe ich inzwischen genug."

„Schön", lächelte er gönnerhaft und machte eine Kunstpause. Dann trat er einen Schritt zur Seite.

„Darf ich dir Sophia vorstellen?"

Es war, als öffnete sich ein virtueller Vorhang und gab für Isabella die Sicht auf Sophia frei.

Sehr clever, dachte sie. Keine Betitelung, wie ‚Freundin' oder noch schlimmer ‚Verlobte', aber Isabellas entgeisterter Blick, dessen Ausdruck sie verzweifelt zu verbergen suchte, sprach Bände, und weitere Erläuterungen und Ausführungen waren nicht nötig. Ihre Augen wanderten verdutzt von Sophia zu Vincent, zurück zu Sophia und auf ihr Dekolletee, auf dem silbern das ‚VP' an ihrem Kettchen prangte.

Es schien sie immens viel Kraft zu kosten, sich in Disziplin und Etikette zu üben und zu einem Lächeln zu zwingen. „Hi. Freut mich", brachte sie mit Mühe heraus und hielt Sophia ihre zitternde Hand hin.

„Alles Liebe und Gute zum Geburtstag, Isabella. Schön, dass wir uns mal kennenlernen", begrüßte Sophia sie warm und aufrichtig und spürte Vincent seinen Arm um ihre Schulter legen, wie zur Bestätigung, dass sie einen guten Auftritt hinlegte und auch, um ein bisschen ihre ‚Verbundenheit' zu demonstrieren und nicht zuletzt, um sie sachte in eine andere Richtung zu steuern.

„Mann, hab ich einen Durst!", sagte er scheinbar locker. „Wo kriegen wir denn hier 'was zu Trinken?"

Kapitel 11

„Wie wäre es zur Überbrückung hiermit?", ertönte eine kräftige, sonore Stimme neben ihnen, bevor Isabella antworten konnte. Ein Herr mittleren Alters hielt ihnen beiden zwei Sektgläser hin, wandte sich kurz um zu einem Angestellten mit Tablett, um zwei weitere zu nehmen, von denen er eins der immer noch wie versteinerten Isabella in die Hand drückte.

„Lass uns erstmal auf meine schöne Tochter anstoßen, Viktor Philip! Was für eine Freude, dich hier zu sehen!"

Er verneigte sich leicht vor Sophia und stellte sich förmlich mit einem Augenzwinkern vor: „Gestatten, Konstantin, stolzer Vater des süßen Geburtstagskindes. Sophia, wenn ich richtig verstanden habe?"

„Freut mich", entgegnete sie höflich und stellte erleichtert fest, dass bei Konstantin nicht die geringste Ablehnung, nicht einmal Skepsis ihrer Anwesenheit gegenüber zu spüren war.

Vincent hob respektvoll sein Glas: „Auf deine Tochter, Konstantin! Auf Bella!"

Isabella behielt Sophia argwöhnisch im Auge, als ihr Vater den weiteren Verlauf des Tages darlegte: „Als erstes möchte ich euch bitten, dass wir uns alle im Kleinen Salon zusammenfinden, um uns ein wenig über das aktuelle Geschehen auszutauschen. Ein kleines bisschen Politik." Er wandte sich an seine Tochter: „Verzeih, mein Kleines! Was sein muss, muss sein."

Sie zuckte desinteressiert die Schultern und war gefordert, sich sogleich den nächsten Gästen zu widmen, die lautstark eintrafen.

Die Regenten-Familie begab sich durch einen exklusiven Durchgang in den nur für sie zugänglichen Bereich des Hauses. Vincent hielt demonstrativ Sophias Hand, als sie mehrere aneinandergrenzende, ineinandergreifende Räume durchschritten, die stilvoll und vornehm eingerichtet waren.

„Ist Isabellas Mutter nicht dabei?", fragte sie ihn leise.

„Regentin Henriette? Sie ist letztes Jahr an Krebs gestorben", erklärte er mit gedämpfter Stimme. „Deshalb wurde bislang noch nicht über die sich anbahnende Krise gesprochen."

Sie kamen an einem Spiegel vorbei und er stoppte. „Sieh mal", flüsterte er ihr zu, legte seinen Arm um ihre Taille und zog sie an sich, „wir geben eigentlich ein ziemlich hübsches Paar ab, oder?"

Jo war dicht hinter ihnen und hatte es mitbekommen. Indem er ihr Spiegelbild begutachtete, zog er an ihnen vorbei und raunte Sophia zwinkernd zu: „Er hat recht."

Sophia löste sich aus Vincents Umarmung und sagte nüchtern: „Na, Hauptsache, du verkaufst dich gut, VP. Komm jetzt! Ich will Geschichte miterleben."

Im letzten Raum vor dem angesteuerten Salon war bereits ein kaltes Büfett mit exquisiten Leckereien für später aufgebaut, an dem Vincent sich nicht zurückhalten konnte und erstmal im Vorbeigehen eine Handvoll Häppchen plünderte.

„Auch?", bot er Sophia schmatzend eins an, die dankbar hungrig danach griff und es verstohlen in den Mund steckte, als sie beide als letzte im angrenzenden ‚Kleinen Salon' eintrafen, der so klein gar nicht war und mehr wie die Zigarren-Lounge in einem britischen Herren-Club des letzten oder vorletzten Jahrhunderts anmutete: schwere, dunkle Ledersessel auf einem wertvollen Perserteppich umrahmten einen eingemauerten Kamin, auf kleinen Beistell-Tischchen standen Karaffen bereit, deren Inhalt nach Whiskey, Cognac oder Brandy aussah.

Da saß die Regentin bereits und lächelte angespannt, neben ihr Anne und Jo, gegenüber Konstantin samt einem stummen Begleiter, der den anderen Anwesenden offenbar bekannt war. Ein Anwalt, Notar, Berater vermutlich, der sich flink zur Tür begab und gewissenhaft hinter ihnen die große Flügeltür schloss. Vincent und Sophia machten es sich auf den verbliebenen Sesseln bequem.

„Schön, Marianne, dass ihr euch alle herbemüht habt und wir die Gelegenheit haben, kurz zu reden", eröffnete Regent Konstantin das kleine Treffen. „Die Telefonverbindungen sind ja so unsicher, und von Internet und E-Mail will ich gar nicht erst anfangen. Deshalb gut, dass ihr es einrichten konntet. Wir haben uns ja ewig nicht ausgetauscht."

Er langte neben sich, füllte sich einen Schluck bernsteinfarbenes Getränk in ein Glas und bot an: „Ihr nehmt euch gerne selbst, ja?"

Die Aufforderung brauchte Vincent nicht zweimal und schenkte sich ebenfalls einen Drink ein.

Sophia hatte Durst, aber nichtalkoholische Getränke gab es nur nebenan, also wartete sie. Irgendwann würde das Büfett schon eröffnet werden.

„Nun ja, einem Austausch standen lange die Umstände im Weg", versuchte Marianne, eine Begründung herbeizuführen.

„Ja, das ist richtig", stimmte Konstantin ihr nachdenklich zu, sog genüsslich den Duft aus seinem Glas ein und sprach weiter, ohne davon zu trinken: „Aber es kursieren gerade zu viele Gerüchte, die wir dringend klären müssen. Mir kam jüngst zum Beispiel zu Ohren, es werde vermutet, jemand wolle die Grenze wieder errichten?"

Sein auffordernder Blick landete auf ein paar Papieren, die sein Adjutant bereithielt und umgehend herüberreichte.

„Um eines vorweg zu klären", sagte Konstantin, „das ist kompletter Unsinn! Es geht uns lediglich um ein paar Immobilien und Grundstücke, auf die wir nach wie vor ein Anrecht haben."

„Ach das …" Marianne machte den Eindruck, sich an Altlasten zu erinnern, und die Anspannung der letzten Wochen und Monate schien von ihr abzufallen.

Konstantin schmunzelte: „Du weißt, wovon ich spreche?"

„Aber natürlich, mein Lieber", lächelte sie sichtlich erleichtert. „Und ich sage mal, gut, dass meine Mutter nicht mitkommen konnte. Ich denke, ohne ihre Anwesenheit werden wir uns schnell einigen."

Ein Aufatmen ging durch den Raum.

Sophia hatte den Eindruck, als wäre mit diesen paar Sätzen die vermeintlich kritische Situation abgewendet. Keine Grenzen. Keine Krise. Nur Gerüchte. Hatte sich damit auch das leidliche Heirats-Thema erledigt?

Als Bestätigung beobachtete sie, wie die Blicke der Brüder sich vielsagend kreuzten.

„Besonderen Wert lege ich auf das Steglitzer Areal", fuhr Konstantin fort.

Anne hob hellhörig eine Augenbraue und Vincent flüsterte Sophia zu: „Jetzt kommt Monopoly Royal. Pass auf …"

Marianne seufzte wissend: „Das Schlösschen und was darunter ist? Wie ich hörte, Konstantin, hattest du ja schon die Nord-Süd-Achse buddeln lassen. Was für ein erfolgloses Desaster!"

„Gar nicht erfolglos!", widersprach er und verteilte einzelne Bauskizzen. „Ich habe die Lücke erfolgreich schließen können. Mein Auftrag wurde diskret, sauber und wie erteilt erfolgreich zu Ende geführt, wie ihr hier sehen könnt. Dass meine Arbeiter im Nachgang gierig wurden und in den Tresorkeller der anliegenden Bank abbiegen mussten, war nicht vorhersehbar."

Sophia schwante, dass es mit dem nie aufgeklärten Tresorraub zu tun haben musste, der vor einigen Jahren durch die Medien gegangen war. Laut Presse hatten Einbrecher damals spektakulär und unbemerkt einen Tunnel von einer Tiefgarage aus in den Tresorraum einer Bank gegraben und die Schließfächer ausgeraubt.

Sie konnte nur nicht ganz folgen, was Konstantin damit zu tun hatte und warf Vincent einen fragenden Blick zu, den er fast mitleidig lächelnd erwiderte, als wollte er sagen: „Ich habe dir doch gesagt, dass nichts so ist, wie du es kennst". Dann versank er wieder interessiert im Studieren des Plans, mit dessen Strichen und Linien Sophia wenig anfangen konnte.

„War deine Bezahlung so schlecht?", spottete Marianne und erntete einen müden Blick von Konstantin, der offenbar schon genug an Sticheleien zu diesem Thema hatte einstecken müssen.

„Im Gegenteil. Und dann fühlte ich mich auch noch den Geschädigten gegenüber verpflichtet, so dass ich der Bank mit einem siebenstelligen Betrag unter die Arme griff, weil sie es nicht schafften, angemessene Entschädigungen zu zahlen. Und das war auch nur ein Bruchteil dessen, was den Leuten zugestanden hätte, die keine Versicherung für solche Fälle abgeschlossen hatten."

Sichtlich gebeutelt nahm er einen Schluck aus seinem Glas.

„Du siehst, meine Liebe, wie viel mir dieses Fleckchen bedeutet."

„Mitsamt dem U-Bahnhof unter dem U-Bahnhof?", fragte Marianne.

Er nickte. „Ich will alles, was oberirdisch und unterirdisch verläuft. Du weißt, dass weder das Land Berlin noch deine Familie einen Anspruch darauf hat. Ich erwäge, die U-Bahnstreckenerweiterung, so wie sie ursprünglich mit dem 200-Kilometer-Plan vorgesehen war, zu realisieren. Und das Hochhaus will ich auch. Wenn es sein muss, ohne Sanierung."

Marianne überflog beiläufig die Skizzen in ihren Händen und schien nachzudenken.

„Warum gerade Steglitz, Konstantin?", fragte sie. „Mitten in Berlin. So weit weg von deiner Heimat Thüringen."

Er atmete tief ein. „Henriette hat es sich so sehr gewünscht. Es war seit der Wiedervereinigung ihre große Sehnsucht. So viele sentimentale Erinnerungen hingen für sie daran." Sein Blick senkte sich schwermütig.

„Wir waren ein paar Mal in diesem Theater nebenan, und jedes Mal hatte sie mir in den Ohren gelegen, wie gern sie in das angrenzende Schlösschen mit seinem ganzen Darunter ziehen würde. Ich möchte ihr postum gerne diesen Wunsch erfüllen. Es wäre nebenbei praktisch für Isabella, die in Berlin studieren will. Und wie sehr täte es einer Annäherung unserer Familien gut. Ich meine, nur das Volk ist wiedervereint, aber wir ...“

Sein Blick war freundschaftlich und erwartungsvoll.

Marianne guckte zerknirscht zu Vincent und Sophia, wohlwissend, dass das Thema Heirat passé war.

Doch Konstantin kam ihr lächelnd zuvor: „Ich weiß, dass du mit Verbissenheit andere Pläne verfolgt hast. Aber sei ehrlich: Das, was dir vorschwebte, ist wirklich nicht zeitgemäß! Und wenn ich Viktor Philip so betrachte ...“ Er schmunzelte wohlwollend zu ihm hinüber. „Mit seiner netten Partnerin ... Ich denke, damit wäre niemandem gedient.“

Sophia lächelte verlegen und fühlte sich in ihrer Anwesenheit bestätigt, hatte aber das unbestimmte Gefühl, als durchschaute Konstantin ihre Scharade.

Marianne fragte: „Was ist mit den anderen? Ich meine, was ist mit den Offiziellen?“, und ihre Finger malten imaginäre Gänsefüßchen in die Luft.

„Die offiziellen Adligen, die Hohenzollern und sonstige Kaiser-Nachfahren? Haben wir da etwas zu befürchten?“, fragte Konstantin zurück. „Ich finde, wir haben ein einträchtiges Nebeneinander. Die kümmern sich um die Yellow Press, den Klatsch und Tratsch und ihre diversen Stiftungen, und wir kümmern uns um das Land. Und die Politiker, die Legislative, die Judikative als auch die Exekutive haben wir doch gut im Griff. Ich würde sagen, es läuft gut. Aber wir müssen intensiver und näher zusammenarbeiten. Das, was wir hier seit Jahrzehnten praktizieren, wir hier, ihr dort, das ist doch unsinnig und wenig konstruktiv. Was meinst du, meine Liebe?“

Mariannes Blick wanderte scheinbar ausdruckslos von einem zum anderen und fiel schließlich zurück auf die Pläne in ihrem Schoß.

Sie betrachtete sie nun eingehend, und aller Augen waren erwartungsvoll auf sie gerichtet, bis auf Jo, der sich abwesend seinen Fingernägeln widmeten, als gehe ihn das alles nichts an.

Langsam formten Mariannes Lippen ein kleines Lächeln und sie sah auffordernd hinüber zu Konstantins Begleiter. „Ich nehme an, Sie haben bereits alles zum Unterschreiben vorbereitet, Walter?"

„Das habe ich, gnädige Frau", entgegnete er pflichtbewusst und kramte aus seiner Mappe Unterlagen und einen stilvollen Füllfederhalter hervor, um ihn Konstantin zu reichen.

Jo erhob sich, als sei der formelle Pflicht-Teil für ihn erledigt. „Wenn ihr mich entschuldigen wollt: Der Pool ruft nach mir. Ich werde hier ja nicht gebraucht, oder? Mutter?"

Sie nickte und machte eine zustimmende Handbewegung.

„Anne? Kommst du mit?"

„Nein, geh nur, du Wasserratte", lehnte Anne lächelnd ab.

„Sophia?"

Sie schüttelte entschuldigend den Kopf. Das Wasser war nicht wirklich ihr Element und sie hatte auch keine Badesachen dabei. Schon gar nicht hatte sie Vincents Angebot angenommen, sich einen neuen Bikini auf seine Kreditkarte zu leisten, auch wenn Jermain sie unaufhörlich gedrängt hatte.

Mit einem bedauernden Schulterzucken verließ Jo den Raum und irgendwie zog es Sophia auch nach draußen, zumindest nach nebenan, um etwas zu essen, etwas zu trinken, aber sie war zu gespannt, ob Marianne nun wirklich unterschreiben würde.

Sie wollte zu gerne Zeuge dieser konspirativen Vereinbarung sein.

Kapitel 12

Doch bevor Marianne auch nur die Unterlagen in Händen hielt, schien ein weiterer Magenkrampf sie zu peinigen.

Konstantin sprang auf, drückte Walter Papiere und Unterlagen in die Hand und lief zu ihr.

„Geht es dir nicht gut?", fragte er besorgter, als es sich nach Sophias Auffassung für einen ‚Regenten-Kollegen' gehört hätte, und sie überlegte, ob man bei Regenten von ‚Kollegen' sprach. Zwischen den beiden war etwas wie tiefe Freundschaft und innige Verbundenheit zu beobachten, wenn nicht sogar mehr.

„Nein, nein, es geht schon", sagte Marianne. „Das quält mich schon seit Tagen. Ich hätte nur gern ein Glas Wasser."

Er lachte leise: „Und ich dachte schon, du willst dich drücken."

Anne bot hilfsbereit an: „Ich besorge dir etwas", und lief eilig in den Nebensalon.

Sophia folgte ihr. Jetzt war eine gute Gelegenheit, sich ebenfalls schnell ein Getränk zu holen.

Sie kam gerade dazu, als sie sah, wie Anne Mariannes Wasser ein paar Tropfen aus einem Fläschchen hinzufügte.

„Was machst du?", fragte Sophia arglos.

Anne wandte sich erschrocken um. „Ich, äh … Was?"

„Die Tropfen …", sagte Sophia freundlich. „Etwas gegen ihre Krämpfe?"

Im selben Moment stutzte sie. Es kam ihr merkwürdig vor. Wieso verabreichte sie ihr die heimlich? Und wieso hatte sie überhaupt welche dabei?

Anne stammelte und war sichtlich bemüht, sich zu einem Lächeln zu zwingen: „Äh ..., ja ... gegen die Krämpfe", ließ das Fläschchen in ihrer Handtasche verschwinden und war schon wieder drüben im Salon, bevor Sophia reagieren konnte.

In ihrem Kopf ratterte es und Bilder setzten sich auf unangenehme Weise zusammen. So unangenehm, dass Sophia nicht glauben konnte, was sie vermutete.

Aus einem Impuls heraus dachte sie nicht mehr an ihre eigene trockene Kehle, eilte Anne hinterher und war rechtzeitig da, als Marianne nach dem Wasser griff, das Anne ihr reichte.

„Nicht!", rief Sophia panisch.

Marianne hielt inne und Sophia wollte ihr das Glas wegnehmen, stattdessen riss sie es ungeschickt aus ihrer Hand, ohne es tatsächlich zu greifen, und es fiel unter allgemeinem Raunen der Entrüstung und Verwunderung klirrend neben dem Teppich auf das Parkett.

Marianne sah dem Glas irritiert nach.

Das Wasser spritzte, das Glas zersplitterte.

Sophia und Anne starrten sich an, Vincent sprang auf und blaffte Sophia verständnislos an: „Was machst du denn?!"

„Sie vergiftet deine Mutter!", sagte Sophia, ohne den Blick von Anne zu wenden, die sie fassungslos taxierte und deren Mund sich zu einem schiefen Lächeln verzog. „Aber ich ... Sophia! Bist du verrückt?!"

Jeder Muskel in Sophias Körper spannte sich an. Sie war sich sicher und bebte, als sie atemlos keuchte: „Ich weiß es! Du vergiftest Marianne! Der Eierlikör ... Die Thronfolge ... Was hast du geplant? Ist Vincent der Nächste?!"

Anne lächelte falsch und ihr Blick wanderte hilfesuchend durch den Raum von einem zum anderen. „So ein Unsinn ..., also wirklich ..."

Vincent ergriff Sophias Handgelenk. „Drehst du jetzt durch? Was erzählst du denn da?!"

Sie wirbelte zu ihm herum und ereiferte sich: „Vincent! Der Eierlikör! Weißt du noch? Ihr Zusammenbruch. Anne will, dass Jo der nächste Regent ist! Sie hat es mir gesagt! Sie versucht, deine Mutter zu vergiften, und der nächste bist du! Ich hab draußen gesehen, wie sie Tropfen in das Wasser für deine Mutter getan hat."

Marianne starrte Sophia fassungslos an.

Verwirrt versuchte Vincent, Sophias Gedankengang zu folgen, während Anne gekünstelt lachend alles abstritt: „Also wirklich! Sophia … Was denn für Tropfen?! Ich habe keine Ahnung, was die sich zusammenspinnt."

„Guck in ihre Handtasche! Sie hat das Fläschchen in ihrer Tasche!", bedrängte Sophia Vincent, der ihr allmählich Glauben zu schenken schien und Anne einen misstrauischen Blick zuwarf. „Der Eierlikör … ja. Und die plötzlichen Besuche …", murmelte er nachdenklich.

Nun schaltete Konstantin sich ein: „Würden sich die Herrschaften bitte beruhigen? Was soll das denn?", fragte er streng. „Was sind denn das für Anschuldigungen?!"

Anne kicherte hysterisch: „Ich weiß ja auch nicht …"

„Jetzt wird mir einiges klar …", sagte Vincent langsam und sein Blick landete auf Annes Handtasche.

Anne wehrte seine schweigende Aufforderung ab: „Oh, nein! Du wirst da nicht rein gucken!"

„Bitte, Leute", versuchte Konstatin es erneut und kam näher, als Anne blitzschnell eine Pistole aus der Tasche hervorzog, mit irrem Blick einen Schritt zurücktrat und die Waffe zunächst auf Marianne richtete, dann abwechselnd von einem zum anderen, wo immer sie eine Bewegung wahrnahm.

„Keiner bewegt sich!", befahl sie.

Sophia sog reflexartig Luft ein, hielt die Luft an und erstarrte.

Vincent flüsterte: „Scheiße ..." und schob sich vor Sophia. „Anne",
sagte er beschwörend und hob eine Hand. „Anne ..."

„Tja, scheint so, als sei ich aufgeflogen", überlegte Anne in unpassend heiterem Tonfall, als erzählte sie eine nette kleine Anekdote.
„Ich gebe zu, ich habe mich ein bisschen verzettelt", räumte sie ein.
„Natürlich musste Marianne erstmal weg. Es stimmt: Das Likörchen
hatte eine etwas, sagen wir, spezielle persönliche Note ... Wer hätte
gedacht, dass das so lange dauert."

Ihr gespielt bedauernder Blick streifte Marianne und bei jeder
kleinsten Regung im Raum zielte die Mündung ihrer Pistole schlagartig in die jeweilige Richtung, um immer wieder nah an Mariannes
Kopf zu landen, die gelähmt vor Angst vor sich hinstarrte.

„Nebenbei hab ich versucht, Vincent auf den Fersen zu bleiben, jemanden beauftragt, der dir auf Schritt und Tritt folgen sollte. Ich
musste immer wissen, wo du bist, was du machst, wen du triffst, nur
um im richtigen Moment zuzuschlagen, aber das gestaltete sich
schwierig. Du bist wirklich nicht so leicht zu fassen. Ach ja, und
Sophia ... Das mit deiner Wohnung war ein Versehen. Entschuldige.
Du solltest eigentlich nichts davon mitbekommen. Bisschen unge-
schickte Aktion von dem Stümper, den ich engagiert hatte. Ich
musste wissen, wer du bist. War doch klar. Also ließ ich Jo verfol-
gen, als er zu dir unterwegs war."

Ihr stoisches Lächeln wirkte entrückt und hatte etwas Furchteinflö-
ßendes.

„Ihr könnt euch gar nicht vorstellen, wie aufwändig das alles war!
Wieviel Zeit und Mühe und Geld ich investieren musste, um meine
Pläne in die Tat umzusetzen! Und nun ist alles ein bisschen aus dem
Ruder geraten."

Wieder kicherte Anne dieses beängstigende Kichern und sagte: „Ihr
wollt es also nicht anders ..."

Sophia bemerkte, wie Vincent sich millimeterweise rückwärts bewegte. Sein Rücken vor ihr kam immer näher und drängte sie fast unmerklich auf die offenstehende Ausgangstür zu.

Anne schaffte es, den ganzen Raum mit ihrer Waffe in Schach zu halten und erklärte scheinbar ungerührt: „Es hätte so undramatisch enden können. Marianne wäre einfach eingeschlafen. Aber nun zwingt ihr mich, die Sache etwas zu beschleunigen."

„Wie war das jetzt?", verwickelte Vincent sie in so etwas wie ein Gespräch, offensichtlich mit dem Ziel, Zeit zu gewinnen. „Hast du billigend in Kauf genommen, dass es jeden von uns hätte treffen können? Wir hätten alle von deinem Gebräu trinken können!", sagte er, indessen seine Füße sich weiter kaum wahrnehmbar rückwärts bewegten und Sophia bereits fast bis zur Tür gelangt war.

„Halt die Klappe!", sagte Anne kalt und warf ihm einen abfälligen Blick zu. „Es hätte keinen Falschen getroffen."

Er hakte nach: „Und Jo?"

Sie zuckte mit einer Schulter und wollte sich gerade wieder auf die anderen Anwesenden konzentrieren, als Marianne sich erneut schmerzverzerrt krümmte. Anne stutzte irritiert und war kurz abgelenkt.

In diesem Moment drehte sich Vincent zu Sophia um, die nun direkt beim Ausgang stand und forderte sie auf: „Lauf!"

Sie zögerte. Vincent folgte kurz ihrem Blick, sah ihr wieder in die Augen und wiederholte nachdrücklich: „Los! Lauf, verdammt nochmal! Raus!" und stupste sie vorsichtig.

Sophias Puls raste und sie realisierte, dass es das einzig Richtige war. Sie nahm die Beine in die Hand und rannte, vorbei am Büfett, durch die anderen Räume, fand den Weg zurück zum Eingangsbereich, in dem sie eben noch auf Isabellas Geburtstag angestoßen hatten und der nun menschenleer war. Von der Treppe, die nach oben führte, drangen die unbeschwerten und fröhlichen Geräusche der feiernden Meute auf dem Dach. Sophia stoppte unschlüssig. Nach oben? Hilfe holen?

Jo war oben! Sollte sie ihm Bescheid geben? Und die anderen Anwesenden warnen?

Eine Tür öffnete sich und Isabella kam gedankenverloren heraus. Sie hatte sich badebereit umgezogen, entfaltete gerade ein riesiges Handtuch und hatte die Intention, sich ihrer Geburtstagsgesellschaft auf dem Dach anzuschließen, als sie Sophia bemerkte und erschrocken stehenblieb.

Sophia dachte nicht lange nach, griff nach ihrem Arm und sagte: „Komm! Komm mit raus! Mach!"

Begriffsstutzig sagte Isabella nur: „Was?", aber schien die Dringlichkeit in Sophias Augen zu erkennen.

Vincents Stimme erschallte wie zum Nachdruck ihrer Worte durch den Flur: „Raus! Schnell!"

Er kam atemlos mit dem Handy am Ohr angerannt. „Fox!", wisperte er ins Handy. „Im Kleinen Salon ... Ganz hinten. Anne dreht durch. Sie hat eine Waffe!"

Er warf einen Blick die Treppe hinauf. Ohne zu zögern zog er die Tür zu, verriegelte und steckte den Schlüssel ein, schob dann beide Frauen vor sich her nach draußen. „Raus jetzt! Los!"

Dann hörten sie einen Schuss aus dem ‚Kleinen Salon'. Isabella schrie auf und rannte schneller. Sophia sah Vincent entsetzt an. Er hielt kurz inne, ließ sich jedoch nicht beirren, drängte sie weiter nach draußen.

Endlich im Freien rannten sie die Treppe hinunter und Vincent rief: „Hinter den Baum! Bringt euch in Sicherheit!"

Sophia zerrte Isabella in Panik hinter eine große Eiche, die in einiger Entfernung auf dem Weg zum Parkplatz stand, und bekam gar nicht mit, dass Vincent kehrtmachte, um wieder ins Haus zu laufen, aber er wurde von Anne mit vorgehaltener Pistole aufgehalten.

Wie von Sinnen, mit entrücktem Blick taumelte sie ins Freie und rief seinen Namen. Ihre Augen schienen zu glühen und sie grinste diabolisch.

An der Hausfront, die dem Parkplatz zugewandt war, entdeckte Sophia Fox, der nun aus dem Verborgenen mit seiner Pistole im Anschlag auf die Hausecke zueilte.

Kapitel 13

Sophia lugte hinter der massigen Eiche hervor und rief leise: „Vincent! Komm hierher!"

Aber er bewegte sich nicht vom Fleck, als sich Anne ihm mit vorgehaltener Waffe näherte und sagte: „Hab ich euch endlich da, wo ich euch haben wollte. Anders als geplant, aber egal. Hat ja auch lange genug gedauert. Nicht genug, dass ich nach dem Abend damals keine Chance mehr bei dir hatte. Das ganze Intermezzo mit Jo hätte echt nicht sein müssen."

Sie war nun vielleicht drei Meter vor ihm und zielte lächelnd direkt auf seine Brust. „Zugegeben, die Idee mit dem Gift war selten dämlich von mir", gestand sie ein. „Aber nun habe ich deine Mutter eben kurzerhand mit der hier erledigt."

Sie wiegte die Pistole hin und her, bevor sie ihren Körper anspannte und den Lauf wieder geradewegs auf Vincent richtete. „Mein König."

Sophia erstarrte und ihre Hand schloss sich unwillkürlich fester um Isabellas Handgelenk.

Stimmte das? Hatte sie Marianne erschossen?

Und nun zielte sie auf Vincent!

„Also dann …", hörte sie aus ihrem Versteck hinter dem Baum Annes entschlossene Stimme. „Kommen wir zur rechtmäßigen Thronfolge: Es ist an der Zeit, mich selbst in wenigen Sekunden zur Königin zu machen. Und ich will dir bei diesem denkwürdigen Akt in die Augen sehen."

Vincent gab ein tonloses, zynisches Lachen von sich: „Da bin ich im Nachhinein aber froh, dass es seinerzeit bei uns zu keinem anderen ‚Akt' gekommen ist, bei dem du mir in die Augen sehen wolltest."

Sophia schüttelte lautlos seufzend den Kopf und wagte einen weiteren Blick hervor.

Warum provozierte er sie?!

Sie konnte Anne ansehen, wie ihr Blut kochte und wie ihr Tränen kamen.

Wenn sie jetzt schoss, würde er keine Chance haben, aber er rührte sich nicht, öffnete stattdessen seine Arme und forderte sie auf: „Schieß doch! Ich hänge wirklich nicht an meinem Leben. Mach! Los, mach doch! Und dann? Erschießt du Jo auch? Oder genügt es dir, wenn du ihn einfach weiter unterjochen kannst, weil er zu schwach ist, sich gegen dich zu wehren?"

„Sei still, Vincent!", zischte Anne blinzelnd.

Isabella drückte sich an Sophia und schluchzte leise. Sophia legte ihr das Badetuch um die Schultern, zog sie an sich, während sie unruhig das Geschehen von ihrem verborgenen Winkel aus im Auge behielt.

Dahinten stand Fox unbemerkt hinter der Hausecke, seine Pistole wie ein Scharfschütze im Anschlag, Anne genau im Visier. Warum tat er nichts?! War er zu weit entfernt? Stand Vincent in seiner Schusslinie?

Vincent war nur wenige Schritte von der Eiche entfernt. Noch konnte er sich hinter den Baum retten und Fox alles andere erledigen lassen. Hatte er ihn denn nicht gesehen?!

Stattdessen redete Vincent weiter. Sein Ton wurde ungeduldig: „Ach, Anne! Gib doch einfach auf! Du kommst hier eh nicht weg. Fox und Schneider werden dich festnehmen und du kommst ewig hinter Gitter."

Anne sagte eisig: „Gib endlich Ruhe!"

Sie zögerte, schien zu überlegen, abzuwägen. War sie in ihrem Zustand in der Lage, einen klaren Gedanken zu fassen? Sie atmete schwer, stoßweise. Ihr Blick war starr auf Vincent gerichtet.

„Komm schon, Anne …", kam es von ihm fast versöhnlich, indem er einen Schritt auf sie zumachte und seine Hand ausstreckte.

In dem Augenblick lösten sich zwei Schüsse.

Zwei Schüsse aus Annes Waffe, die direkt auf Vincents Brust zeigte.

Isabella fuhr in Sophias Arm zusammen und krallte sich an sie. Vor Entsetzen hielt Sophia die Luft an und wagte ihren Augen nicht zu trauen. Es war, als blieb die Zeit für ein paar Sekunden stehen.

Sie sah Anne. Sie sah, wie sie schoss. Sie hörte das Knallen. Zweimal kurz hintereinander. Sie hörte, wie der Schall von der Hauswand zurückgeworfen wurde.

Doch die Kugeln erreichten Vincent nicht.

Er war von einer Millisekunde auf die andere verschwunden.

Fast zeitgleich fiel ein weiterer Schuss aus einer anderen Richtung. Mit einem gezielten Schuss ins Bein streckte Fox Anne nieder, so dass sie mit einem spitzen Aufschrei zusammensackte und ihre Pistole in hohem Bogen wegflog.

Fox verließ seine Deckung und stürmte hervor, hielt seine Waffe weiter auf Anne gerichtet und näherte sich ihr, die sich vor Schmerzen auf dem Boden wand. Er nahm ihre Pistole an sich und kniete sich neben sie.

Wo war Vincent?

Aus dem Hauptportal kamen mit einem Mal Leute herausgerannt, allen voran Konstantin, der die Dachterrassentür aufgeschlossen haben musste, hinter ihm ein aufgelöster Jo und weitere Pool-Gäste.

Isabellas Vater suchte besorgt nach seiner Tochter, und Sophia rief ihn in ihre Richtung hinter den Baum, wo er seine Tochter in ihrem Arm fand.

„Seid ihr unversehrt?", fragte er sofort und hockte sich zu ihnen, und Sophia schob ihm nickend seine Tochter entgegen, die sich an ihn klammerte und leise „Vincent …" schluchzte.

„Was ist mit ihm? Wo ist er?", fragte Konstantin und Sophia sah sich ratlos um. „Ich weiß es nicht … Er ist … weg."

Dann sah sie Jo, der mit blankem Horror im Gesicht die Treppe herunterwankte. Wie fremdgesteuert lief er zaghaft auf seine Frau zu.

Fox war dabei, ihre Blutung zu stillen.

Jo verlangsamte seine Schritte und fragte ungläubig: „Anne, ist das wahr? Du hast auf meine Mutter geschossen?"

„Ja …", entgegnete sie schwach und lächelte schmerzverzerrt. „Und auf deinen verdammten Bruder … Aber ich fürchte, ich habe ihn nicht erwischt"

Fassungslos starrte er seine Frau an. „Du hast …", dann blickte er sich suchend um. „Wo ist er? Wo ist Vince? Fox?"

Fox sah kurz auf und schüttelte bedauernd den Kopf: „Hab ihn nicht gesehen. Er war eben noch hier. Ihre Frau schoss auf ihn, und von einem Moment zum anderen war er verschwunden. Keine Ahnung."

Nur allmählich schien Jo zu realisieren, was sich während seiner kurzen Abwesenheit zugetragen hatte und was es für ihn und seine Familie bedeutete. Und dass die Frau, die er liebte, das alles zu verantworten hatte.

„Warum, Anne?", fragte er mit einem naiven Tonfall, als erwartete er tatsächlich eine vernünftige Antwort, aber sein Blick verriet, dass sein Traum von Harmonie und Zukunft vor seinen Augen zerplatzte, dass das Konstrukt seiner heilen Welt, einem behaglichen Zuhause, umgeben von einem liebevoll angelegt blühenden Garten, in dem einmal seine Kinder fröhlich spielen sollten, keine Bedeutung mehr hatte und sein Glauben an das Gute im Menschen erschüttert war.

Es fiel Anne sichtlich schwer zu sprechen: „Ich wollte, dass du Regent bist. Und ich deine …"

Der Schmerz in ihrem Bein erstickte ihre Stimme.

Angewidert musterte Jo Anne, und Tränen der Erkenntnis schossen verbittert in seine Augen. Jede Faser seines Körpers schien resigniert zu erschlaffen.

Mit prüfendem Blick huschte Fox' Kollegin Schneider vorbei und verschaffte sich einen Überblick. Nachdem sie sich davon überzeugt hatte, dass Fox ohne ihre Hilfe zurechtkam, steuerte sie das Haus an und versuchte, die schaulustige Menschenflut, die ihr aus dem Haus entgegenkam, zum Umkehren zu bewegen und davon abzuhalten, sich dem Schauplatz zu nähern.

Sophia krabbelte benommen auf allen Vieren um die Eiche herum, um nach Vincent zu sehen. Unbemerkt von den anderen fand sie seinen Anzug und seine übrigen Kleidungsstücke auf dem Rasen liegend. Es erinnerte sie verdächtig an sein Klamottenbündel in Ludmillas Schlafzimmer, an dem Tag, an dem sie Vincent kennengelernt hatte, und sie schaute sich nach einem kleinen nackten Zwerg um, sah aber weit und breit keinen.

Marianne musste etwas gemacht haben, während sie starb. Anders ließ sich das nicht erklären. Definitiv hatten Vincent die tödlichen Kugeln nicht getroffen! Und definitiv dadurch, weil irgendetwas gezaubert worden war!

Sie musste seine Sachen schnell verschwinden lassen, denn sie war nicht sicher, ob Mariannes Hexenkünste hier bekannt waren und in welche Erklärungsnot sie alle geraten konnten.

Gerade wollte sie alles in seiner Jacke einrollen und an sich nehmen, als sie die Grille entdeckte, die ein bisschen zu auffällig auf den Kleidern hin und her krabbelte und laut zirpte.

Sophia ging mit ihrem Gesicht ganz nah heran und betrachtete sie.

Eine ganz normale Grille. Oder?

„Vincent?", sprach sie das Tierchen ohne nachzudenken an.

Das Insekt hörte kurz auf mit Krabbeln und Zirpen, als reagierte es auf Sophias Stimme.

„Vincent? Bist du das?"

Es hielt weiter inne. Lediglich die Fühler bewegten sich, zeigten mal nach hier, mal nach dort.

Insekten sprechen nicht.

„Oh, Mann", stöhnte sie hilflos. „Kannst du mir nicht ein Zeichen geben?"

Für einen Moment kam sie sich extrem durchgeknallt vor, wie sie da im Gras kauerte und mit einer Grille redete, während sich um sie herum eine aufgelöste Unruhe breitmachte. Einige der Geburtstagsgäste waren an Schneider vorbeigeflutscht, um besorgt nach Isabella zu sehen, nicht ohne im Vorbeigehen neugierige Blicke auf die angeschossene Anne zu werfen.

Die Grille begann wieder zu zirpen, zirpte wie wild in schrillen Tönen, was Vincents vertrautem echauffierten und überspannten Schimpfen und Fluchen verdächtig nahe kam.

„Oh, mein Gott!", sagte Sophia. Das musste er sein! Sie war sich ziemlich sicher, rollte seine Sachen in der Jacke ein und hielt dem kleinen Tierchen die offene Hand hin, damit es darauf krabbeln konnte.

Nie im Leben hätte sie ein x-beliebiges Insekt jemals angefasst! Zu groß war ihre Abscheu davor, aber hier musste sie eine Ausnahme machen. Es fiel ihr nicht einmal schwer, stellte sie überrascht fest und sagte zu dem Tierchen: „Sieht so aus, als hätte deine Mutter dir mit ihrem letzten Atemzug das Leben gerettet."

Jo hatte Sophia entdeckt und kam zu ihr. „Sophia! Bist du in Ordnung?"

Sie schreckte hoch und rappelte sich auf, bejahte und warf ihm einen mitfühlenden Blick zu. „Es tut mir so leid, Jo!"

Sie wollte ihn in den Arm nehmen, ihm Halt geben, sich selbst Halt geben, aber in ihrer einen Hand hielt sie Vincents Sachen an sich gedrückt und auf ihrer anderen Hand saß die Grille.

„Was ist mit eurer Mutter, Jo? Ist sie tot?"

„Nein", Jo schüttelte den Kopf, „sie ist verletzt und nur bewusstlos, hat Konstantin gesagt. Sein Leibarzt ist bei ihr und ein Rettungshubschrauber wird in Kürze hier sein. Ich werde gleich mal nach ihr sehen. Aber wo zur Hölle ist Vince? Weißt du, wo mein Bruder ist?"

„Mh …, ich bin mir nicht sicher", murmelte Sophia und bemerkte, dass die Grille auf ihrer Hand gerade wieder seltsam still war.

„Na, typisch!", murrte Jo missmutig. „Er hat sich schon immer erfolgreich verdrückt, wenn's drauf ankam."

„Aber das hat er nicht", verteidigte Sophia Vincent.

Jo unterbrach sie und deutete auf Vincents Sachen. „Ist das nicht … Das ist doch seine Jacke, oder?"

„Ja … Ich …" Sie warf Jo einen verschwörerischen Blick zu und hielt ihm behutsam die Grille entgegen. „Jo, siehst du das hier?"

„Eine Grille. Was soll ich damit?" Er schien an ihrem Verstand zu zweifeln, obwohl er selbst am Rande eines Nervenzusammenbruchs stehen musste. Seine geröteten Augen wanderten von Vincents Sachen zu dem Insekt auf ihrer Hand, das verhaltene Töne von sich gab.

„Jo!", wiederholte Sophia und hoffte, er käme von selbst darauf.

„Ich verstehe nicht …", begann er und sah sie fragend an. „Was ist passiert? Wir haben einen Schuss gehört und sind nach unten gerannt. Einige dachten, das Feuerwerk sei von alleine losgegangen, aber mir war sofort klar, dass da etwas nicht stimmt. Dann war die Tür verschlossen. Wir kamen nicht raus. Es fielen weitere Schüsse. Dann hat Konstantin aufgeschlossen und nur gesagt, Anne hätte auf meine Mutter geschossen und wir müssten nach Isabella und den anderen gucken."

Konstantin kauerte immer noch mit seiner schluchzenden Tochter im Arm hinter dem Baum, redete beruhigend auf sie ein und war in Hörweite. Auch Anne und Fox waren nicht weit von ihnen entfernt, so dass Sophia nicht wagte, deutlicher zu werden.

„Jo", beschwor sie ihn fast flüsternd, „Vincent hat sich nicht ‚verdrückt'! Im Gegenteil: Er war es, der die Tür nach oben abgeschlossen hat, um euch alle zu schützen. Und er war es, der Isabella und mich in Sicherheit gebracht hat. Er wollte gerade wieder reingehen, als …"

Sie schluckte.

„Wie Fox dir berichtete: Als Anne auf ihn schoss, war er plötzlich weg."

Sie hielt ihm die Grille direkt vor die Nase. „Verstehst du? Weg!"

Kapitel 14

Grübelnd betrachtete Jo aufmerksam das Insekt auf Sophias Hand. „Du meinst …"

Sie nickte vielsagend.

Sein Blick stolperte zweifelnd zwischen der Jacke seines Bruders, der Grille und Sophias eindringlicher Miene hin und her, er stutzte und überlegte, als versuchte er, die Puzzleteile zusammenzufügen. Eine Ahnung von Erkenntnis und Verstehen bildete sich allmählich auf seinem Gesicht ab.

Er blickte sich um, griff nach Vincents Anzug und fragte: „Ist sein Autoschlüssel da irgendwo drin?"

Nachdem er die Taschen durchsucht hatte und fündig wurde, legte er Sophia auffordernd den Schlüssel in die Hand und sagte leise: „Bring sein Zeug und das … äh … das putzige kleine Kerlchen hier zu seinem Wagen und schließ alles ein. Dort ist er in Sicherheit, bis er …" Jo seufzte. „Ich hoffe, er verwandelt sich von alleine zurück. Solange Mutter bewusstlos ist, wird sie vielleicht nicht …"

Besorgt fuhr er sich mit der Hand durch die Haare. „Scheiße, ich weiß es nicht."

Er nahm die Grille auf Sophias Hand erneut genau in Augenschein. „Ist er es wirklich?"

„Ich denke, schon", vermutete Sophia.

Wie als Antwort brandete das nervtötende Zirpen sofort wieder auf und Jo grinste bestätigt: „Alles klar, kein Zweifel! Gib schon Ruhe, du Käfer!"

Während er Vincents Sachen wieder in die Jacke wickelte und Sophia in den Arm drückte, wisperte er: „Sieh zu, dass dich niemand beobachtet. Ich muss jetzt erstmal nach meiner Mutter gucken."

Mit einem kurzen Rundumblick vergewisserte er sich, dass niemand ihre Aktion mitbekommen hatte. „Wir werden sagen, Vincent will alleine sein, erholt sich. Irgendwie so etwas. Ja, genau, wir sagen, es geht ihm gut, aber er will niemanden sehen, Trauma, was weiß ich! Warte am Wagen. Ich komme gleich zu dir."

Damit machte Sophia sich unbemerkt auf den Weg zum Ende des Parkplatzes. Jo ging zurück ins Haus.

Das Tierchen krabbelte an ihrem Arm aufwärts zu ihrer Schulter und sie ertappte sich dabei, wie sie leise mit ihm redete und seufzte: „Mann, Vincent … Ich glaub das jetzt einfach nicht. Hattest du nicht gesagt, nur ein bisschen unters Volk mischen, Champagner trinken, lecker essen? Das ist so ein Alptraum! Du wärst fast tot gewesen! Und deine Mutter!"

Ihre Augen landeten auf dem Tierchen auf ihrer Schulter, und sie stöhnte: „Oh, mein Gott! Ich rede mit einer Grille!"

Die Grille, die eben noch leise vor sich hin gezirpt hatte, wurde erbost wieder lauter und aufgebracht.

„Ist ja schon gut!", entschuldigte sie sich und öffnete Vincents Wagen, setzte das Insekt auf den Beifahrersitz, legte seine Sachen in den Fußraum, schloss wieder ab und blickte zurück zum Treiben auf der Wiese vor der Freitreppe des Hauses.

Konstantin stand von einigen Gästen umrundet bei der Eiche, seine Tochter im Arm, und man diskutierte, während ein Kleinbus auf den Parkplatz rollte. Vielleicht entschieden sie, ob man das Fest abbrechen sollte oder einfach weiterfeiern.

Jo kam wieder aus dem Haus die Treppe herunter und wechselte ein paar Worte mit Fox und Schneider, die bei Anne ausharrten. Er würdigte Anne keines Blickes, sprach kurz mit Konstantin und machte sich auf in Richtung Parkplatz.

Ein paar junge Männer sprangen aus dem Bus und luden Gitarrenkoffer aus. Sophia erkannte die sehr angesagte Rockband, von der Vincent gesprochen hatte und fragte sich, was man sich die

Exklusivität, sie zu engagieren, hatte kosten lassen. Normalerweise spielten sie in großen Hallen vor Tausenden von Leuten.

Im Vorbeigehen grüßte Jo die Musiker scheinbar fröhlich, als würde er sie persönlich kennen, doch beim Weitergehen ließ er die heitere Maske fallen und sein Blick verdüsterte sich.

„Sie haben es mir abgekauft", erklärte er Sophia und überzeugte sich mit einem Blick in den Wagen von der Anwesenheit seines verwandelten Bruders.

„Alle sind ganz besorgt und zeigen sich verständnisvoll, dass Vince jetzt Ruhe braucht. Sie feiern ihn wie einen Helden."

Sophia dachte daran, wie geschickt und geistesgegenwärtig er sie aus dem Salon gedrängt, und wie er sie und Isabella hinter dem Baum in Sicherheit gebracht hatte, und nickte zustimmend.

„Und dich", schmunzelte Jo anerkennend. Sie warf ihm einen verständnislosen Blick zu. „Mich? Ich habe doch gar nichts gemacht!"

„Konstantin möchte deswegen nachher noch mit dir reden", kündigte er ihr an. „Eigentlich mit euch beiden, aber ich konnte ihn überzeugen, dass Vince gerade nicht unbedingt ansprechbar ist."

Er fuhr sich wieder mit der Hand durch die Haare und blickte unschlüssig zum Haus.

„Also, ich muss dann jetzt. Der Hubschrauber wird gleich eintreffen. Ich werde mitfliegen. Mutter ist so weit stabil aber immer noch bewusstlos, und ich möchte bei ihr sein, wenn sie wieder aufwacht."

Sein Blick glitt über Vincents Auto. „Kannst du Vince vielleicht nach Schönefeld bringen, Sophia? Würdest du das machen?", fragte er zögerlich, als verlangte er etwas Unmögliches von ihr. „Ich komme dann später nach."

Für Sophia stand längst fest, dass sie mit Vincents Wagen fahren würde: „Natürlich. Kein Problem", lächelte sie, legte sanft ihre Hand an seine Wange und fragte teilnahmsvoll: „Und wie geht es dir?"

Als hätte sie ihn erinnert, dass er sich auch um sich selbst kümmern sollte und durfte, schienen seine Gefühle ihn zu übermannen und er unterdrückte ein Schluchzen.

Behutsam nahm er sie schweigend in seine Arme und drückte sie für einen langen Moment an sich. Sie spürte seinen Körper beben, als weinte er lautlos, sein Atem ging unregelmäßig stoßweise. Sie fühlte seinen Schmerz beinahe physisch und strich ihm beruhigend über den Rücken, kam sich schwach und stark zugleich vor.

Es verging eine gefühlte Ewigkeit, bis sein Atem ruhiger wurde und seine Muskeln sich allmählich entspannten.

Das Geräusch von Hubschrauber-Rotorblättern näherte sich und Jo gab ein gequältes „Ich komm schon zurecht." von sich. Verlegen löste er sich von ihr und wischte über seine Augen. „Danke, Sophia! Für alles. Ich ruf dich an, ok? Pass auf dich auf. Und auf ihn hier …"

Beim Anblick der Grille huschte ein kleines Lächeln über sein Gesicht. Er verabschiedete sich von Vincent durch die Autoscheibe mit einem kurzen „Ciao, Vince", bevor er eilig zurück zum Haus rannte, vor dem soeben unter lautem Getöse der Rettungshubschrauber landete. Sophia folgte Jo langsam und beobachtete von weitem, wie Marianne auf einer Liege ins Innere des Hubschraubers geschoben wurde, Jo mit einstieg und die Flugmaschine sich lärmend wieder in die Lüfte erhob.

Fox lief Sophia entgegen. „Sie fahren mit Vincent? Schneider und ich würden dann Jos Wagen nach Berlin bringen, sobald seine Frau abtransportiert wurde", organisierte er bereits das weitere Vorgehen.

Sie nickte und ihr Blick fiel auf Anne, die neben Schneider am Boden saß und apathisch vor sich in hinstarrte. Ihre Schusswunde war fachmännisch verbunden worden, ihre Hände hinter dem Rücken in Handschellen gelegt. Fassungslos über so viel Gier und Boshaftigkeit wandte sich Sophia ab.

Man hatte beschlossen, die Feier fortzusetzen und fand sich erwartungsvoll zurück auf dem Dach ein. Schließlich waren diese prominenten Musiker soeben eingetroffen und sollten nicht wieder weggeschickt werden. Und genau wie der gutaussehende Kronprinz zuvor wurden auch die Musiker von Isabella angehimmelt, als sie ihr nun vor der Tür a cappella mehrstimmig ein Geburtstagsständchen vortrugen, bevor sie sich nach oben auf die Dachterrasse begaben, wo sie jubelnd von den übrigen Gästen empfangen wurden.

Indessen ging Sophia zurück zum verwaisten ‚Kleinen Salon‘, um ihre Tasche zu holen und endlich etwas zu trinken.

Sie betrachtete angeekelt den Tatort, Mariannes Blut auf dem Ledersessel, das zerbrochene Glas in der Gift-Wasser-Lache auf dem Parkett. Es musste ein Gerangel gegeben haben, nachdem Sophia hinausgerannt war. Ein Tischchen war umgestoßen, die Baupläne lagen auf der Erde.

Konstantin kam leise dazu und erkundigte sich, während er das Tischchen aufstellte und die Pläne wieder an sich nahm: „Wie geht es Viktor Philip jetzt? Joachim sagte, ihr habt ihn zu seinem Auto gebracht? Braucht er einen Arzt?"

„Nein, ich fürchte, er braucht momentan nichts, außer möglichst bald nach Hause zu kommen", sagte sie. „Ich werde ihn fahren. Er ist ziemlich, naja, neben sich, nicht er selbst irgendwie ..."

„Ich verstehe", sagte Konstantin einfühlsam. „Und du? Alles ok? Es ist so unbegreiflich, so schrecklich!"

„Geht schon", hörte sie sich sagen, nippte an ihrer Cola und glaubte sich selbst nicht.

Zu verstörend war die ganze Situation und eigentlich wollte sie nur schnell weg.

„Hör zu, Sophia: Irgendwann, wenn wir das Ganze verdaut haben und es allen wieder gut geht, möchte ich dich und Viktor Philip zum Dank, wie sehr ihr beide euch um Isabella gekümmert habt, noch einmal zu uns einladen. Ihr müsst unbedingt noch einmal herkommen, ja?"

„Aber das war doch selbstverständlich", versuchte sie sich herauszureden. „Jeder hätte an unserer Stelle so gehandelt."

„Ich bestehe darauf!", stellte Konstantin lächelnd klar und duldete keine Widerrede.

So hatte sie sich das nicht vorgestellt. Plötzlich war sie ein Teil der Familie, eingestrickt in diesen ganzen Vorfall. Sie hatte doch nur Vincent einen Gefallen tun wollen. Und nun würde sie ihn ein weiteres Mal begleiten müssen. Wenn er denn wieder er selbst wurde.

Die Musik vom Dach klang zu ihnen herunter. Sophia erkannte den aktuellen Hit der Band und hörte die Feiergesellschaft mitsingen.

Konstantin schmunzelte: „Die jungen Leute scheinen den Zwischenfall gut wegzustecken. Haben gar nicht alles mitbekommen, geschweige denn begriffen. Und die Ablenkung wird ihnen guttun."

Kapitel 15

Mit dem halbherzigen Versprechen, Konstantins Bitte um einen weiteren Besuch nachzukommen, verabschiedete Sophia sich und lief eiligen Schrittes zum Parkplatz zu Vincents Wagen, in dessen Innerem sie ihn in Gestalt der Grille vermutete.

Sie warf einen Blick auf seine Sachen im Fußraum und registrierte beruhigt die Grille auf dem Beifahrersitz.

Als sie hinter dem Lenkrad Platz nahm, stellte sie fest, dass sie nicht an die Pedale heranreichte, begann die Unterseite des Sitzes abzutasten auf der Suche nach einer Möglichkeit, den Sitz zu verstellen. Da musste doch ein Hebel sein!

„Mist!", fluchte sie vor sich hin. „Beine zu kurz! Selbst mit diesen Absätzen reiche ich nicht heran!" Sie fand nichts zum Verstellen.

Die Grille sprang auf das Lenkrad und von dort auf die Mittelkonsole. Sophias Augen folgten ihr und sie entdeckte ein paar Knöpfe, die offenbar für das automatische Einstellen der Sitzposition vorgesehen waren. Mit ein bisschen Ausprobieren hatte sie den Dreh schnell raus und der Sitz war im Handumdrehen so eingestellt, dass Sophia bequem losfahren konnte.

„Danke, VP! Sehr aufmerksam", lächelte sie.

So einen Wagen war sie noch nie gefahren und die Kraft des Motors und die Beschleunigung, die sie in den weichen Sitz drückte, beeindruckten sie. Als Beifahrer war ihr das gar nicht aufgefallen.

Die Grille sprang auf das Armaturenbrett, wie um den Überblick zu behalten, und zirpte nur ab und an leise, schien hinauszugucken und die Fahrt halbwegs zu genießen. Das hoffte Sophia zumindest.

Kurz überkam sie wieder der Gedanke, es wäre vielleicht gar nicht Vincent, den sie da durch den beginnenden Abend chauffierte, sondern nur ein Insekt, das zufällig in Vincents Sachen gesessen hatte, aber eigentlich war sie sicher, dass er es sein musste. Zu eindeutig waren seine Reaktionen gewesen. Das konnte alles kein Zufall sein!

Bei Dresden hatte Sophia eine Idee. Anstatt nach Norden die Autobahn Richtung Berlin zu nehmen, fuhr sie weiter Richtung Tschechien. Es fühlte sich gerade so gut an, diesen Luxus-Schlitten zu fahren. Und vielleicht gefiel Vincent ja, was sie vorhatte.

Hinter der Grenze verließ Sophia die Autobahn und fuhr weiter auf einsamen Landstraßen. Die Gegend wurde immer ländlicher und die Straßenschilder wiesen unaussprechliche Ortsnamen auf.

„Wenn du erst ein einziges Mal im Ausland warst, biete ich dir heute eine zweite Gelegenheit. Ohne unangenehme Zwischenfälle. Oder hast du etwas gegen Tschechien?"

Die Grille sprang plötzlich laut zirpend vom Armaturenbrett auf den Beifahrersitz.

„Was denn? Was hast du?", fragte sie, bemerkte im selben Augenblick aber, wie er sich ächzend und stöhnend zurückverwandelte. Nach wenigen Sekunden saß er in voller Lebensgröße neben ihr und fischte seine Boxershorts aus dem Fußraum.

„Da bist du ja wieder, Hoheit", begrüßte sie ihn.

„Hey", lachte er atemlos, „guck gefälligst nach vorne!", und begann, seine übrigen Sachen überzuziehen.

„Wer hat dir erlaubt, mein Auto zu fahren?"

Sie wollte sich gerade rechtfertigen, doch dann bemerkte sie, wie er sie lächelnd beobachtete und erwiderte sein Lächeln.

„Der Trip war heftig!", stellte er fest, atmete tief ein und sah aus dem Fenster. „Ausland. Nette Idee. Aber Tschechien? Du musst verrückt sein!"

„Es tut mir leid", stammelte sie kleinlaut. „Ich dachte, es könnte dir vielleicht gefallen."

Er legte seine Hand auf ihre. „Hey, alles gut! Ich finde die Idee toll! Hast du 'ne Kreditkarte oder Bargeld dabei? Ich würde hier gern irgendwo einkehren. Ich muss dringend etwas essen. Du nicht?"

„Doch, allerdings!" Ihr fiel ein, dass sie bis auf die Häppchen heute noch nichts gegessen hatte. „Wie wäre das da vorne?", schlug sie vor. „Geld habe ich dabei."

Ein Lokal am Straßenrand lud mit stimmungsvoll bunt beleuchtetem Biergarten und fröhlicher Musik ein.

„Sieht gut aus. Aber erst muss ich telefonieren", sagte er, und während sie den Parkplatz des Gartenlokals ansteuerte, holte er sein Handy hervor.

Ein Freizeichen ertönte, das laut bis an Sophias Ohr drang, und nach ein paar Sekunden meldete sich Jo.

„Ich bin's. Wie geht es Mutter?", fragte Vincent wortkarg.

Sophia hörte Jo leise stockend erzählen, ohne zu verstehen, was genau er sagte.

Vincent stutzte: „Echt? ... Ja. Ich bin ok, und du?"

Er lauschte ernst, dann lachte er kurz auf: „Wo wir sind? Du wirst es nicht glauben, aber meine verrückte Chauffeurin hier hat einen kleinen Abstecher nach Tschechien gemacht."

Derweil hatte sie geparkt, checkte den Inhalt ihrer Geldbörse, und mit einem Seitenblick auf ein paar ihrer Scheine bestätigte er seinem Bruder: „Ja, sie hat etwas Geld dabei ..."

Sie beobachtete Vincent, bis er zu Ende telefoniert hatte und sah ihn erwartungsvoll an.

„Jo ist völlig fertig!", berichtete er. „Anne wurde in Erfurt in die Psychiatrie eingeliefert. Man entscheidet, ob sie von dort in den Knast wandert oder bleiben muss. Er hat Mutter im Rettungshubschrauber nach Berlin begleitet. Sie ist erst vor ein paar Minuten aufgewacht."

Mit bewegter Miene, in der Sophia eine Mischung aus sprachloser, ungläubiger Betroffenheit und ungeordneten Emotionen zu erkennen meinte, fuhr er fort: „Das erste, was sie gesagt hat, war mein Name. Genau zu dem Zeitpunkt, als ich mich wieder zurückverwandelt habe."

Nachdenklich überlegte er: „Ich frag mich, was passiert wäre, wenn sie nicht mehr aufgewacht wäre", und Sophia schluckte eine unpassend scherzhafte Bemerkung über eine Grille mit Krönchen hinunter, denn er schien ernsthaft beunruhigt zu sein.

Sie stiegen aus und kehrten ein.

Außer einer ausgelassenen Feiergesellschaft waren sie die einzigen Gäste, und als der Wirt mit bedauerndem Blick an ihren Tisch kam, befürchtete Sophia schon, sie würden gehen müssen, weil es sich um eine geschlossene Gesellschaft handelte. Stattdessen entschuldigte er in gebrochenem Deutsch den Lärm der anderen Gäste, der sie vielleicht bei ihrem ‚Rendezvous' stören könne. Er bat um Verständnis, schließlich sei ein Baby getauft worden, und das würde in ihrer Region eben immer sehr laut und ausgelassen gefeiert.

Sophia sah eine glückliche Mutter mit einem schlafenden Säugling auf dem Arm, der sich von dem Trubel um ihn herum nicht stören ließ. Offensichtlich war schon viel getrunken worden. An den Tischen wurde geredet, man alberte herum und lachte laut. Ein paar Musiker spielten landestypische Musik, zu der fröhlich getanzt wurde.

„Ihr kommt von Berlin? Wollt Ihr ubernachten?", fragte der Wirt geschäftstüchtig mit Blick auf das Kennzeichen des Wagens. „Ein Zimmer noch frei …"

„Nein", bestimmte Sophia schnell. „Wir möchten nur etwas essen und trinken. Akzeptieren Sie Euro?"

„Ja, naturlich, allerdings …", druckste er. „Haben nur Essen was Taufe hat. Nix von Karte. Bringen von alles etwas. Ist ok?"

Sophia mochte seine offene, liebenswürdige Art und lächelte: „Klingt gut." Und mit Blick zu Vincent: „Oder?", der jedoch nur erschöpft den Kopf schüttelte: „Was auch immer! Ist mir egal! Ich verhungere!"

Ihre Getränke wurden serviert, und während Vincent sein Wasser durstig hinunterstürzte, wollte Sophia neugierig wissen: „Erzähl mir, wie war das vorhin? Als Grille?"

Er blickte abwesend in die Ferne. „Ich hatte nur die Befürchtung, dass mich jemand tot trampelt." Grinsend fügte er hinzu: „Oder du wieder mit irgendwas nach mir schlagen willst."

Sophia überraschte seine Antwort. „Ach? Als du Anne provoziert hast, wirktest du nicht, als hättest du vor irgendetwas Angst. Hast du das nicht so gemeint, als du sagtest ‚Ich hänge nicht an meinem Leben'?"

„Das hast du mitgekriegt?"

„Allerdings. Und ich hatte echt Angst um dich."

„Du hattest Angst um mich?", hakte er nach. „Wie nett!"

Es machte sie rasend, dass er sich so oberflächlich verhielt und sagte vorwurfsvoll: „Natürlich hatte ich Angst um dich! Aber das ist nichts, worauf du dir etwas einbilden müsstest!"

Er warf ihr einen entschuldigenden Blick zu und wurde ernst.

„Ich hatte auch Angst", gab er bedächtig zu. „Aber ich wusste nicht, was ich tun sollte. Die Annahme, meine Mutter sei tot und die Aussicht, was nun werden sollte, jagten mir wahrscheinlich mehr Panik ein als der Lauf der Pistole, glaube ich."

Der Wirt kam wieder zu ihrem Tisch und servierte mit sichtlichem Stolz allerlei unterschiedliche Speisen.

Mit Blick auf Vincents Handy schlug er vor: „Soll ich machen ein kleine Foto von die schöne Abend?"

Sophia zierte sich, aber Vincent war schon von seinem Stuhl aufgesprungen, drückte ihm das Handy in die Hand, legte seinen Arm um ihre Schultern und posierte in die Kamera. Der tschechische Gastronom wünschte zwinkernd einen guten Appetit, indem er das Handy zurückgab und sich entfernte.

„Ist nett geworden. Gib mir deine Nummer", forderte Vincent Sophia mit kurzem fachmännischen Blick auf sein Handy-Display auf. „Ich schicke es dir rüber."

Sie hatte nicht vorgehabt, ihm ihre Nummer zu geben, aber es erschien ihr, als hätte sie keine Wahl, also diktierte sie sie ihm und er schickte das zugegeben gelungene Foto, das ein scheinbar unbeschwertes Pärchen im Lokal zeigte, auf ihr Handy.

Wie zwei Verhungernde machten sie sich dann über die fremd anmutenden Köstlichkeiten her.

Zwischen zwei Bissen hielt Vincent plötzlich inne und ein Schmunzeln huschte über sein Gesicht, als sein Blick auf ihre Kette fiel: „Du kannst das Ding jetzt übrigens abnehmen."

„Die Kette? Wieso? Nein. Ich möchte sie behalten", widersprach sie kauend, schluckte und griff nach dem Kettenanhänger.

„Ernsthaft? Eine Kette mit meinen Initialen?"

„Bist du so selbstgefällig, ‚VP' würde für deine Initialen stehen?", stichelte sie. „Das steht für ‚Verrückte Person'. VP. Passt also zu mir. Die Kette bleibt, wo sie ist!"

Sie bewegte ihn zu einem amüsierten Lachen. „Verkappte Prinzessin, meinst du wohl eher, Cinderella. Oder verwegene Prinzenretterin."

„Vermutlich plemplem", konterte sie.

„Verblüffend pfiffig", gab er zurück.

„Verfressen, pausenlos!", sagte sie und schob sich wie zum Beweis gespielt gierig ein großes Stück Brot in den Mund.

Vincent lachte angetan.

„Also völlig problemlos. Vielleicht perfekt", kam als ernstgemeinter Gegenvorschlag lächelnd von ihm. „Auf jeden Fall viel Persönlichkeit."

Es klang wie ein Kompliment und machte Sophia verlegen.

Er legte nach: „Very pretty."

„Und jetzt vermutlich peinlich berührt", spielte sie das Spiel weiter. „Also du siehst: irgendwas passt immer. Ich würde sie gern behalten, wenn ich darf."

Vincent nickte zustimmend. „Ja, klar."

Sie zog den Ring vom Finger, legte ihn entschlossen auf den Tisch und sagte: „Aber den Ring nicht!"

Er runzelte seine Stirn. „Gefällt er dir nicht?"

„Er ist wunderschön! Aber der muss doch wahnsinnig teuer gewesen sein! Ich kann ihn nicht annehmen!"

„Doch, bitte. Behalte ihn. Als Erinnerung."

„Als Erinnerung an den schrecklichsten Tag in meinem Leben?"

„Vielleicht als Erinnerung, wie er hätte werden können", schlug er vor. „Wie er hätte sein sollen. Der Ring wurde speziell für dich angefertigt. Behalte ihn bitte, ok?"

„Nein", lehnte sie ab. „Sei mir nicht böse, aber das möchte ich nicht. Und die Ohrstecker deiner Großmutter nimmst du besser auch gleich an dich, bevor ich es vergesse", sagte sie, indem sie begann daran herumzufingern.

Er streckte seine Hand aus, um sie zu stoppen. „Nein, warte. Behalte sie noch!"

Sie ließ ihre Hände sinken. Seine Hand blieb an ihrer Wange und berührte sie. Er sah ihr eindringlich und lächelnd in die Augen. „Was meinst du, wie sie sich freut, wenn du den Schmuck persönlich herumbringst? Und ich könnte dich begleiten. Dann haben wir einen Grund, uns wiederzusehen."

„Wieso sollten wir uns wiedersehen?", fragte sie verständnislos, fummelte die Ohrstecker aus ihren Ohrläppchen und legte sie neben den Ring. Widerstrebend und unentschlossen dachte sie an Konstantins gutgemeinte Einladung und schluckte herunter, sie zu erwähnen.

„Nicht?" Vincent nahm seine Hand zurück und murmelte vor sich hin: „Ich dachte, wir könnten ..."

Seit sie sich kennengelernt hatten, waren ihr seine sympathischen Züge durchaus nicht entgangen, abgesehen von seiner unleugbaren Attraktivität und seiner charismatischen Ausstrahlung, doch nun lullte sein Blick sie unvermutet ein und löste ein heimtückisch unangemeldetes Kribbeln in ihr aus, das sie mit voller Wucht einnahm. Es fühlte sich hinter ihrem Brustkorb an, als ob hunderte von Seifenblasen durcheinander schwebten, ploppend zerplatzten und ihr den Atem nahmen.

Sie sträubte sich mit aller Macht dagegen, den Gefühlen nachzugeben, die in ihr aufkeimten, aufflammten, wie die britzelnden Funken einer Wunderkerze. Herausfordernd hakte sie nach: „Wir könnten was?"

Er antwortete nicht.

Die Combo, die eben noch ausgelassene Volksweisen gespielt hatte, stimmte eine melancholische Melodie an.

Vincents Augen wanderten gedankenvoll zur fröhlichen Meute an den Nachbartischen und zu der improvisierten Tanzfläche, auf der eben noch wie wild getanzt worden war. Nun schmiegten sich Paare aneinander und wiegten ihre Körper zur langsamen Musik.

Sophia wartete.

Sein Blick wanderte zurück zu ihr, und er lächelte entschlossen: „Nichts. Vergiss es. Tanzen wir?"

„Ich kann nicht tanzen", wandte sie ein.

„Ich bin ein guter Tänzer. Ich kann dich führen", bot er an.

Sie stöhnte: „Du mit deiner Überredungskunst!", und erhob sich umständlich. „Ok, aber nur den einen Tanz."

Kapitel 16

„Da schlummert ja tatsächlich ein Tanzlehrer in dir", lobte sie, während er sie behutsam durch die Rumba führte und leise ihre Schritte ansagte: „Rechts rück, seit…, links vor, seit…, drehn und drehn…"

Sophia landete nach der Drehung wieder sicher in Vincents Arm, spürte seine Hand warm auf ihrem Rücken und sah kurz zu ihm auf. Er schmunzelte geschmeichelt, bevor ihr Blick wieder auf ihren Schuhspitzen landete. Mit einem Finger unter ihrem Kinn hob er ihr Gesicht an und erinnerte sie wiederholt: „Nicht nach unten sehen."

Prompt landete ihr Fuß wieder auf seinem und hinterließ einen weiteren unschönen Abdruck auf seinen weißen Sneakers.

„Oh, Mist, es tut mir leid!", entschuldigte sie sich, doch er nahm es gelassen und lächelte weiter.

Der Tanz mit Vincent an diesem lauen Abend in der pulsierenden Atmosphäre des Gartenlokals hatte etwas unerhört Romantisches, das Sophia zu ignorieren versuchte. Vincents stoisches Lächeln, sein ununterbrochener Blick irritierten sie, obwohl es sich zugleich gut anfühlte.

Nein, sie wollte seinem Charme nicht erliegen, wie wahrscheinlich zahllose Frauen vor ihr, und sie war erleichtert, als nach dem verträumten Stück wieder ausgelassene Musik gespielt wurde und sie zu ihrem Tisch zurückkehrten.

Sie aßen zu Ende, und Sophia konnte Vincent ein paar Anekdoten aus seinem privaten Tanzunterricht entlocken, in dem er sich mangels Mädchen mit Jo abwechseln musste, mal die Position des Mannes, mal die der Frau einzunehmen, was mit Sicherheit dazu geführt hatte, dass aus beiden Brüdern ausgezeichnete Tänzer geworden waren.

Und sie erfuhr, was es mit dem Backpulver in Georgs Tasche auf sich hatte, dass er ein Meister im Schuheputzen war, und mit dem

Backpulver die limitierten Leinenschuhe wieder weiß bekommen würde.

Sophia zahlte und Vincent wollte darauf bestehen, ihr das Geld bei Gelegenheit zurückzuzahlen. Es war schwer, ihn davon zu überzeugen, dass es eine Einladung war.

Auf dem Weg zum Parkplatz bestimmte Vincent: „So, Fahrerwechsel! Schlüssel!"

„Muss ich?", fragte sie enttäuscht, nestelte den Autoschlüssel aus ihrer Tasche und rollte die Lippen zu einer Schnute. „Fahre ich so schlecht in deinen Augen?"

Der verständnislose Blick, den sie von ihm erntete, verriet, dass er seinen Wagen bestimmt noch niemals freiwillig verliehen hatte. Sie gab zu bedenken: „Es wäre allerdings ohnehin keine gute Idee, wenn wir hier in Tschechien angehalten werden und du mit deinen komischen Papieren am Steuer sitzt."

Dem Argument hatte er nichts entgegenzusetzen, also ließ er sie auf der Fahrerseite einsteigen.

Sie deutete auf einen Knopf. „Ist der für das Dach? Darf ich aufmachen? Wegen der Frisur ist es jetzt auch egal, oder?"

„Die Frisur steht dir sehr gut", kam es von ihm liebenswürdig. „Aber mach gerne auf, wenn du willst."

Sie drückte auf den Knopf, legte den Kopf in den Nacken und beobachtete, wie das Dach sich behäbig und anmutig unter Surren öffnete und den Blick auf den sternenklaren Nachthimmel freilegte, wie in einer Sternwarte.

„Oh, guck nur: die Sterne!", schwärmte sie.

Er lehnte seinen Kopf gegen die Kopfstütze, blickte auch nach oben und grinste: „Tschechische Sterne. Ganz anders als bei uns."

Ihre Blicke trafen sich. Sophia grinste zurück und kommentierte: „Du bist doof!"

„Ich mag dich auch", entgegnete er und tippte zweimal auf sein Navi. Sophias Adresse wurde angezeigt. Sie schaltete den Motor an, trat genießerisch auf das Gaspedal, ließ den Motor aufheulen und lenkte den Wagen nach Anweisung des Navis souverän Richtung Berlin.

Sie rasten durch die Nacht und sprachen kein Wort. Sophia genoss den Wind in ihrem Haar, das nach einigen Autobahnkilometern bald keine Frisur mehr war.

Nur einmal schaute sie kurz zu Vincent hinüber. Sie fragte sich, ob es der Fahrtwind war, der seine Augen feucht glitzern ließ, während er gedankenverloren durch die Windschutzscheibe starrte, oder ob die Ereignisse des Tages durch seinen Kopf schossen, und ihn tatsächlich ein paar verstohlene Tränen übermannten.

Sie waren bereits vor Sophias Haus angekommen und ausgestiegen, als Vincents Handy klingelte.

„Das war Jo", erklärte er nach einem sehr kurzen Telefonat.

„Er braucht mich. Hat sich volllaufen lassen. Ist in irgendeiner Bar versackt."

Nach allem, was Sophia bisher von Vincent erfahren hatte, gehörte Gebrauchtwerden zu etwas, das ihm nicht oft passierte, und sie fragte sich, ob er merkte, wie gut es sich anfühlte.

Er versenkte sein Handy in der Anzugtasche und sah Sophia für ein paar Sekunden schweigend an. Schließlich lächelte er schief und sagte mit einem Seitenblick auf ihre Haustür: „Also dann …"

„Also dann …", gab sie zurück.

Er fragte: „Sehen wir uns wieder?", und sie spürte, wie er versuchte, etwas Hoffnungsvolles in seiner Stimme zu unterdrücken und gelassen zu klingen.

„Wird sich nicht vermeiden lassen. Konstantin möchte uns noch einmal einladen."

„Aha. Das sagst du mir jetzt?"

„Hab ich verdrängt."

„So schlimm?"

„Was?"

„Wenn du dich nochmal mit mir treffen musst?"

Sie seufzte theatralisch: „Es gibt Schlimmeres."

Dann lächelte sie. „Gute Nacht, Vincent. Dein Bruder braucht dich. Ruf einfach an, wenn Konstantin sich meldet."

Damit drückte sie ihm den Wagenschlüssel in die Hand, zog sein Gesicht behutsam zu sich herunter, küsste ihn flüchtig auf die Wange und wandte sich ab, um schnell ins Haus zu kommen.

„Dir auch eine gute Nacht, Sophia", hörte sie ihn hinter sich.

Ein Blick auf die Armbanduhr verriet ihr, dass es fünf vor zwölf war, fünf Minuten vor Mitternacht, und brachte sie müde zum Lächeln: wie Cinderella.

Matt schleppte sie sich die Treppe zu ihrer Wohnung nach oben. Vom letzten Absatz aus blickte sie plötzlich in das Gesicht ihrer geliebten Freundin, die dort auf der obersten Stufe saß.

„Jasmin! Ich dachte, ihr kommt erst übermorgen zurück. Ist 'was passiert?", fragte Sophia ahnungsvoll und erklomm die letzten Stufen.

„Wow! Du siehst toll aus!", sagte Jasmin zur Begrüßung und fiel ihrer Freundin um den Hals.

„Ich hatte angerufen. Ich hatte gemailt. Aber du hast nicht reagiert!", jammerte sie erschöpft. „Also dachte ich, ich warte auf dich. Wo kommst du denn jetzt her?"

Ach, ich war nur mit diesem attraktiven Untergrund-Prinzen unterwegs, auf den geschossen wurde. Von der Frau seines Bruders. Auf seine Mutter schoss sie auch, die übrigens zaubern kann. Sie hat ihn erst in einen Zwerg und dann in eine Grille verwandelt. Und seine Großmutter hat bei einem Pferderennen die deutsche Wiedervereinigung gewonnen, ging es Sophia durch den Kopf, erklärte jedoch nur, während sie die Wohnungstür aufschloss: „Ich war bei 'nem Geburtstag." Jasmin würde sie sonst für verrückt oder sturzbetrunken erklären.

„Kann ich heute bei dir pennen?", fragte Jasmin geradeheraus.

„Natürlich", sagte Sophia ohne Umschweife und bemerkte jetzt erst, dass ihre Freundin einiges an Gepäck dabei hatte, sah ihr in die verheulten Augen und fragte: „Was ist passiert? Ronny?"

„Er ist so ein Blödmann!", statuierte Jasmin.

„Aber ihr ward doch auf Kreuzfahrt, oder?"

„Ja, und eigentlich wollten wir noch zwei Tage in Hamburg bleiben, aber wir sind sofort zurückgefahren. Es ist aus. Es geht nicht mehr."

Sophia warf ihr einen teilnahmsvollen Blick zu, auf den ihre Freundin sogleich reagierte: „Hey, es ist alles ok, Sophia. Ich konnte nur nicht in unserer Wohnung bleiben."

„Es tut mir trotzdem sehr leid", sagte Sophia und nahm Jasmin tröstend in die Arme. Diese lachte, als sprach sie sich selbst Mut zu: „Das braucht es nicht! Auch andere Mütter haben nette Söhne!"

Natürlich war es selbstverständlich für Sophia, Jasmin ein paar Tage oder nötigenfalls auch Wochen oder Monate Unterschlupf zu gewähren. Eigentlich war sie sogar froh, jemanden bei sich wohnen zu haben, noch dazu die beste Freundin.

Obwohl sie beide todmüde waren, saßen sie noch die halbe Nacht beisammen und quatschten. Sophia wusste, dass Jasmins Beziehung schon länger gekriselt hatte, und die gemeinsame Reise der gescheiterte Versuch gewesen war, sich wieder näher zu kommen. Schweigend Anteil nehmend ließ sie sie erzählen, sich alles von der Seele reden und erinnerte sich zu gut an die schmerzlichen Erinnerungen ihrer eigenen Trennung, und wie gut es getan hatte, sich bei der besten Freundin auszuheulen. Das war noch nicht einmal ein halbes Jahr her.

Auch sagte sie nichts, weil die Ereignisse und Eindrücke der vergangenen Stunden durch ihre Hirnwindungen rasten, zu frisch waren, zu unglaublich und dann, ja, zu neu die Gefühle, die sie plötzlich für Vincent entwickelte.

Kapitel 17

Es war nur wenige Tage später, als Vincent sich bei Sophia meldete: „Konstantin ist in Berlin und möchte uns lieber hier als in Erfurt treffen. Morgen. Steht dein Angebot noch, mitzukommen?"

Sie lachte verhalten: „Hab ich eine Wahl?"

„Nein", sagte er zunächst überzeugend ernst, gab dann aber zu: „Doch, natürlich. Aber ich würde mich freuen, wenn du dabei bist."

Sie wollte Vincent auch unbedingt wiedersehen, ließ sich jedoch nichts anmerken und sagte scheinbar widerstrebend zu.

Ein Chauffeur holte sie am darauffolgenden Tag ab, um sie nach Schönefeld zu bringen, von wo aus sie gemeinsam zu dem Treffen mit Konstantin fahren würden.

Georg empfing Sophia liebenswürdig in der ihr schon bekannten Tiefgarage, begleitete sie in den Empfangsraum und bat sie, direkt durchzugehen, sie kenne den Weg ja.

Schon durch die geschlossene Tür waren die aufgebrachten Stimmen der Brüder zu vernehmen und Wortfetzen wie: „… Das kannst du unmöglich tun! Jetzt wirst du echt größenwahnsinnig!" und: „Wer will mich davon abhalten?"

Sie hielt inne, wagte nicht, sich bemerkbar zu machen und lauschte.

„Vince!", hörte sie Jos vorwurfsvolle Stimme. „Merkst du eigentlich noch 'was?! Du drehst komplett am Rad! Du missbrauchst deine Macht! Und um das Ganze völlig zu übertreiben, schnappst du dir die Kleine noch dazu, ja?! Sieh bloß zu, dass du wieder runterkommst!"

‚Schnappst dir die Kleine'? Sprach er von ihr? Sophia glaubte, sich verhört zu haben.

Jo beschwor seinen Bruder: „Ich rate dir, Vince, mach das nicht! Bitte! Sie ist zu schade für dich. Sie hat nicht verdient, dass du mit ihr spielst!"

Vincent entgegnete genervt: „Ich spiele mit niemandem. Außerdem geht's dich 'n Scheiß an! Konstantin hat uns beide eingeladen. Das ist alles! Ach warte, ich begreife: Du bist eifersüchtig! Eigentlich willst du etwas von ihr! Stimmt doch, oder?"

„Hör auf, Vince!", blaffte Jo abwehrend. „Das tut hier nichts zur Sache."

„Du hast damit angefangen, Blödmann!"

Als Antwort war ein unverständliches Brummeln von Jo zu hören, was Sophia als Gelegenheit nahm, nun doch zaghaft anzuklopfen, aber schon schimpfte Jo weiter und niemand reagierte auf ihr Klopfen, also trat sie ein.

Vincent saß vor einem Stapel Papiere an dem kleinen Tisch in der Mitte des Raums.

Seine Bruder redete zu ihm hinuntergebeugt auf ihn ein, unterbrach seinen Satz, als er Sophia bemerkte und richtete sich auf: „Sophia, du bist schon hier?!"

„Hallo", sagte sie befangen. „Ist gerade schlecht, oder?"

„Nein, nein", lenkte Vincent mit einem gequälten Lächeln gelassen ein, „lass dich von dem Clown hier nicht verunsichern. Tut mir leid, ich bin noch nicht ganz fertig."

„Und ich hoffe, du wirst auch nicht fertig mit dem Mist!", wetterte Jo und erklärte Sophia: „Er will alles umschmeißen! Kaum hat er die Gelegenheit, reißt er alles an sich!"

Er wandte sich wieder Vincent zu, legte seine Hand auf dessen Schulter und wiederholte: „Das ist Machtmissbrauch, Vince!"

Der Kronprinz wirkte abgeklärt und schob Jos Hand beiseite, wie einen lästigen Parasiten: „Nimm deine Griffel von mir! Für mich ist es beschlossene Sache. Du tätest gut daran, dich damit anzufreunden. Niemand wird mich davon abhalten. Großmutter ist einverstanden, Mutter wird zustimmen, wenn sie die Vorteile eines Umzugs erst begriffen hat. Und wenn sie fit genug ist, das Krankenhaus zu verlassen und nach Hause zu kommen, werden ihre Sachen bereits in Steglitz sein. So oder so. Egal, wie ich mich mit Konstantin einige. Und ihm wird keine Wahl bleiben."

„Umzug?", hakte Sophia neugierig nach und beobachtete, wie Vincent allerlei Unterlagen energisch in einer Dokumentenmappe verstaute, während sein Bruder sich einen Whiskey einschenkte, der offensichtlich nicht sein erster an diesem Tag war, und in einem Zug hinunterkippte.

„Du kannst einen alten Baum nicht verpflanzen, Vince! Schon gar nicht zwei! Du bist so ein Egoist!", warf er ihm an den Kopf.

Vincent fuhr sich mit der Hand durch die Haare, so dass seine Frisur ganz verstrubbelt wurde, holte tief Luft, erhob sich, baute sich entschlossen vor Jo auf und schien sichtlich bemüht, gefasst zu bleiben: „Mit Bäumen magst du dich auskennen, aber das hier ist etwas anderes. Ich weiß sehr genau, was ich tue, und du wirst mich nicht davon abhalten! Wir werden das alles hier aufgeben. Und Jo, das hat verdammt nochmal bestimmt nichts mit Egoismus zu tun. Im Gegenteil: Das Steglitzer Areal bietet so viel mehr Möglichkeiten für Sicherheitsvorkehrungen, auf die Mutter doch immer so viel Wert legt."

Sophia verstand: Vincent vertrat seine Mutter und regelte ein paar royal-politische Angelegenheiten. Möglicherweise nicht ganz in ihrem Sinn. Offensichtlich jedenfalls nicht in Jos Sinn.

Sich seine Mappe schnappend versuchte Vincent an ihm vorbeizukommen, aber Jo versperrte ihm leicht schwankend den Weg. Seine Hände landeten auf Vincents Brustkorb und schubsten ihn provozierend. „Und wenn schon!"

Vincents rechte Augenbraue hob sich. „Fass mich nicht an!", zischte er warnend.

Erfolglos versuchte Sophia, der es unbehaglich wurde, dazwischen-zukommen: „Entschuldigung, aber könnt ihr bitte mal ..."

Jo schubste erneut. Seine wütenden Augen schienen kleine Pfeile auf Vincent abzuschießen, doch Vincent reagierte überlegen und formulierte nur überdeutlich mit Nachdruck: „Lass mich durch, Jo!"

„Was ist hier los, Jungs?!", ertönte Reginas resolute Stimme plötz-lich und brachte die Brüder dazu, ertappt innezuhalten. Sophia at-mete erleichtert auf.

Ein Lächeln erschien auf Vincents Gesicht. „Großmutter! Schön, dich zu sehen! Wir hatten nur eine kleine Diskussion. Nichts Erns-tes."

Er schob Jo beiseite, als sei nichts gewesen und wandte sich seiner Großmutter zu: „Schau mal, wer hier ist! Sophia und ich haben eine Verabredung mit Konstantin."

Sophia versuchte, dem schnellen Stimmungswechsel zu folgen und kam näher, reichte Regina höflich die Hand.

„Ach, Herzchen, das ist ja schön", begrüßte diese sie, während sie ihren Enkeln einen wissenden, mahnenden Blick zuwarf. „Dann lasst euch nicht aufhalten. Und grüßt Konstantin ganz lieb von mir. Er wird verstehen, was du vorhast, Viktor Philip."

Es war die eindeutige Aufforderung, genau jetzt aufzubrechen. Die alte Dame wusste offenbar, dass sie die beiden Streithähne nur auf diesem Weg auseinanderbrachte.

Vincent schwieg und blickte stur geradeaus, als sie sich zum verab-redeten Treffpunkt im Steglitzer Wrangelschlösschen aufmachten und wieder durch diesen unheimlichen, einsamen Tunnel fuhren.

Indessen grübelte Sophia, was sie von dem Ganzen zu halten hatte und ob sie ansprechen sollte, was sie vor der Tür lauschend mitbe-kommen hatte.

„Mann, nun fahr doch!", schimpfte Vincent dem Autofahrer vor sich ungeduldig zu, nachdem er sich an der Oberfläche in den Verkehr eingefädelt hatte, haute mit der Hand auf das Lenkrad und schaltete laute Musik ein. Alles klar: Der Kronprinz wünschte keine Konversation.

Sie sah ihn von der Seite aufmerksam an, sah seine hervorgetretene Halsschlagader und wie er schluckte und nicht nur wegen des Autofahrers vor sich aufgebracht war. Für seine Verhältnisse hatte er sich seinem Bruder gegenüber erstaunlich zurückgehalten, überlegte sie. Überhaupt hatte er sich seit dem Vorfall in Thüringen verändert: Er hatte seine andere Seite zum Vorschein gebracht, seine umsichtige, charmante, aufmerksame, verantwortungsvolle und disziplinierte Seite. Wie als Bestätigung warf er ihr einen warmherzigen Blick zu, der um Verständnis für seine Aufregung zu bitten schien.

War er an ihr interessiert, wie Jo angedeutet hatte? Und was empfand Jo für sie? War er tatsächlich eifersüchtig? Sie mochte auch ihn, aber sein hoffentlich vorübergehend desolater Zustand schreckte sie ab.

Konstantin erwartete sie bereits an der Tür, als sie eintrafen und begrüßte sie herzlich am Wrangelschlösschen, dem Steglitzer Gutshaus, einem apricotfarbenen Gebäude im klassizistischen Stil nahe der Hauptverkehrsstraße, von außen unscheinbar, unaufdringlich, fast bescheiden.

Die Räumlichkeiten allerdings verschlugen Sophia fast den Atem. Das Ambiente hatte wirklich etwas Herrschaftliches, einer Monarchenfamilie Angemessenes. Stuckverzierte weiße Wände und Decken in den Räumen empfingen sie, Kristalllüster, Parkettfußboden, geschmackvoll abgestimmtes Mobiliar. Ein vornehm eingedeckter Tisch für drei Personen stand in einem ansonsten leeren Festsaal für sie als einzige Gäste bereit.

Sie nahmen Platz und bestellten Getränke, Konstantin grüßte von seiner Tochter und berichtete, dass kaum ein Tag verging, an dem sie nicht über die Ereignisse rund um ihren Geburtstag sprach. Und vor allem und immer wieder, wie Sophia sich um sie gekümmert, und wie Vincent sich aufopfernd vor sie gestellt hatte.

Und wie schade es sei, dass Vincent und Sophia den Rest der Feier nicht miterlebt hätten, die noch sehr schön gewesen sei. Und wie seine und Isabellas Pläne bezüglich ihres Studiums in Berlin und eines Umzugs hierher aussahen.

Kapitel 18

„Das ist mein Stichwort", lächelte Vincent und Sophia spürte, wie er seine Nervosität zu verbergen suchte. „Ich habe etwas sehr Wichtiges mit dir zu bereden. Das Vermächtnis deiner verstorbenen Frau in Ehren, Konstantin, aber …"

Er sah dem Thüringer fest und entschlossen in die Augen. „Ich beanspruche das Areal hier für uns, beziehungsweise für meine Mutter und meine Großmutter. Ich habe die Besitzrechtmäßigkeiten noch einmal eingehend geprüft und bin auf Unstimmigkeiten gestoßen. Und es liegt auf der Hand, dass wir Schönefeld endlich aufgeben müssen. Aber die Konsequenz heißt dann nun mal Steglitz für uns. Und ein Verzicht auf eure Ansprüche, die wie gesagt nicht eindeutig sind."

Er schob Konstantin den Stapel an Unterlagen hinüber, die dieser überrascht in Augenschein nahm.

Er ließ sich Zeit und besah sich die Papiere, ohne ein Wort zu sagen.

Sophia dachte an Jos Äußerung bezüglich Machtmissbrauchs und hatte das unangenehme Gefühl, alles, was Vincent missbrauchte, war die Gelegenheit, die ursprünglich als anderer Anlass gedacht war, und sie fühlte sich fehl am Platz. Andererseits war sie gespannt, wie Konstantin reagieren würde.

Nach einer ganzen Weile schweigender, gewissenhafter Durchsicht der Unterlagen sah er auf zu seinem Gegenüber.

„Ich bin beeindruckt", gestand er ruhig. „Du hast wirklich an alles gedacht! Die Planung, die Ausführung, die Einbindung der Stadt und der Behörden und so … Gut gemacht!"

Sein Blick ruhte ernst und gefasst auf Vincent, wie der eines Pokerspielers, der zu ergründen versucht, ob sein Gegner blufft. Plötzlich verzogen sich seine Mundwinkel zu einem breiten Grinsen und er begann, seinen Kopf leicht hin und her zu wiegen.

Leise lachend sagte er: „Du glaubst gar nicht, wie genial dein Timing ist, Viktor Philip…"

Er zupfte an seiner Serviette herum und lachte weiter den Kopf schüttelnd: „Wie du weißt, komme ich gerade aus der Charité, wo ich deine werte Mutter besuchte."

Ein nachdenkliches, zögerndes Seufzen verließ seine Lippen, bevor er langsam und bedeutungsschwanger begann: „Ich wollte eigentlich noch warten, aber nun… Weißt du, Viktor Philip…"

Sein Lächeln streifte kurz Sophia, um dann wieder festen Blicks bei Vincent zu landen: „Es ist noch zu früh, aber ich meine, du solltest wissen, dass ich gedenke…"

Unter dem Tisch verborgen landete Vincents Hand heimlich bei Sophias und drückte sie.

Mit sichtlicher Mühe rang Konstantin sich ab, zu verlautbaren: „Ich möchte um die Hand deiner Mutter anhalten, um es mal so altmodisch auszudrücken."

Kichernd kratzte er sich am Hinterkopf und warf einen unsicheren, zweifelnden Blick von Sophia zu Vincent, wie ein Teenager, der sich schüchtern den Eltern seiner Angebeteten offenbart.

„Ich weiß, ich muss weder dich noch irgendjemanden aus deiner Familie um Erlaubnis fragen, aber es fiele mir doch leichter, sie um eine Heirat zu bitten, wenn ich um deine Zustimmung wüsste."

Während Vincent Sophias Hand fester drückte, zeigte er keine Reaktion und starrte Konstantin nur wortlos an. Sophia indes freute sich, dass sie mit ihrer Ahnung in Erfurt so richtig gelegen hatte und lächelte versonnen.

Warum schwieg Vincent? Nichts in seinem Gesicht enthüllte auch nur annähernd, was er dachte. Lediglich der Druck seiner Hand verriet seine Anspannung.

Für Sophia war jede Reaktion möglich, von einer fassungslos verärgerten Explosion samt Schimpftirade, über lautschallendes Auslachen bis hin zu stillschweigendem Aufstehen und Weggehen.

Erleichtert spürte sie, wie er ihre allmählich schmerzende Hand losließ. Sein Blick begann über das Geschirr und die Dekoration des Tischs zu fahren, als müsse er überprüfen, dass alles an seinem Platz war, und rückte hier und da etwas zurecht.

„Naja", fuhr Konstantin fort, „natürlich heißt das, dass wir zusammenziehen, und wo wäre das schöner möglich, als hier in Steglitz, wenn du verstehst."

Sophia beobachtete, wie Vincents Finger den Rand seines Weinglases entlangfuhren und es schließlich umschlossen. Indem er Konstantin fest in die Augen blickte, hob er das Glas und sagte ernst: „Konstantin, auf deinen Mut, deine Entschlossenheit, deine Klugheit, und ich hoffe inständig, dass meine Mutter erkennt, was sie an dir hat. Ich freue mich über deinen Entschluss."

Endlich entstand so etwas wie ein einvernehmliches, zustimmendes Lächeln auf seinem Gesicht.

Sie stießen an und Vincent fügte hinzu: „Du bist der Vater, den ich mir immer gewünscht hätte."

„Dein Vater wäre stolz auf euch, Viktor Philip, auf dich und deinen Bruder."

„Mein Vater…", entfuhr es Vincents Lippen zynisch, „der schert sich doch 'n Dreck um uns!"

„Sag das nicht", widersprach Konstantin, „er war nur nicht stark genug, diese ganze Bürde mitzutragen. Er war nicht so wie du. Er war nicht so energisch und entschlossen wie du."

Er lächelte: „Du kommst mehr nach deiner Mutter."

Vincents eine Augenbraue schnellte gespielt missmutig in die Höhe. Dann lachte er: „Ich glaube, du kennst uns wirklich gut, Mann!"

Die Vorspeise wurde serviert. Konstantin hatte ein komplettes Menü für sie arrangieren lassen, und sie begannen zu essen.

„Und was ist mit euch?", wollte er wissen. „Irgendwelche Zukunftspläne?"

Fast hätte Sophia sich verschluckt und warf Vincent einen hilfesuchenden Blick zu, der sofort eingriff: „Hey, entschuldige, aber ich dachte, du wüsstest es."

Konstantin hielt kurz inne. „Ich wüsste was?"

„Wir sind", begann Vincent und bedachte Sophia mit einem seltsamen Lächeln, „wir sind nur Freunde."

Da war etwas in seinen Augen, das Sophia verunsicherte und anzog, und bevor die Seifenblasen hinter ihrem Brustkorb die Macht ergreifen konnten, wandte sie schnell ihren Blick ab und guckte zu Konstantin, um seine Reaktion zu beobachten.

Dieser tat wenig überrascht und aß ungerührt weiter. „Ach so. Ich dachte. Aber was nicht ist, kann ja noch werden."

„Nein. Bestimmt nicht!", lachte Sophia entschlossener, als sie vorgehabt hatte, mehr um sich selbst davon zu überzeugen. Auch, um ihr unbehagliches Gefühl mit aufgesetzter Heiterkeit zu überspielen. Die anziehende Intensität Vincents bloßer Anwesenheit entwickelte gerade etwas Unerträgliches in ihr, und sie versuchte, sich auf das Essen zu konzentrieren und stocherte verbissen darin herum. Doch so sehr sie sich auch bemühte, es gelang ihr nicht, und Konstantins scheinbar wissender Gesichtsausdruck machte es auch nicht leichter. Also lenkte sie das Thema in eine andere Richtung: „Und wie geht es Marianne?"

„Hm, sie hat es überlebt", entgegnete er nachdenklich. „Aber es wird ein langwieriger Heilungsprozess werden. Sieht so aus, als würde Viktor Philip sie noch eine ganze Weile vertreten müssen."

Sein wohlwollender Blick landete auf Vincent. „Und ich finde, das macht er sehr gut."

Vincent bedankte sich und räumte ein: „Doch ich fürchte, ich werde deine Hilfe brauchen, Konstantin."

Konstantin ließ sein Besteck sinken und sah Vincent überzeugt in die Augen. „Ich bin da. Jederzeit. Und wenn wir erst in Berlin wohnen … Ich werde deine Unterlagen natürlich mit Walter und den anderen durchgehen. Aber auf den ersten Blick erscheint mir alles gut ausgearbeitet und ordentlich geplant. Wer weiß, vielleicht kriegen wir das schneller hin, als man sich vorstellen kann. Gemeinsam, du und ich."

Der Hauptgang wurde serviert und Konstantin fragte unverblümt: „Wie habt ihr euch eigentlich kennengelernt?"

„Naja, das war so eine Art Nachbarschaftshilfe", erklärte Vincent locker und schmunzelte: „Ich hatte mich quasi ausgesperrt, und sie hat mir geholfen."

Sophia verstand, dass Konstantin offensichtlich nichts von Mariannes Zauberkräften wissen sollte und fand es unfair, ihn im Unklaren zu lassen, wagte jedoch nicht, etwas zu sagen.

Als Konstantin sich später für einen Moment entschuldigte und den Raum verließ, wisperte Sophia: „Warum sagt ihr ihm nichts wegen eurer Mutter?"

Vincents Stirn legte sich in Falten, und er sah mit einer Miene von seinem Dessert auf, als sei es unpassend, ihn während des Essens mit Fragen zu seiner Mutter zu belästigen. „Was meinst du?"

„Na, das mit dem Zaubern."

„Das kann sie schön selbst machen!", murrte er und schob sich einen weiteren Löffel voll in den Mund. „Und es betrifft ihn ja auch nicht."

Das leuchtete ihr ein, wenngleich sie es dennoch als unsportliches Vorenthalten der Wahrheit empfand.

„Habe ich eigentlich etwas Falsches gesagt, als ich sagte, wir wären Freunde?", fragte Vincent leise, die Gunst des Moments nutzend, schnell ein paar Dinge untereinander loszuwerden.

Sie antwortete: „Es ist ok, Vincent. Was hättest du auch sagen sollen? ‚Das ist nur die Kleine, die mir dauernd aus der Verlegenheit hilft?' Hätte doch komisch geklungen."

Und wieder hatte sie etwas gesagt, von dem sie den Eindruck hatte, dass es abweisend klang und dass es nicht das war, was er vielleicht hören wollte.

Und dass es nicht das war, was sie ihm eigentlich sagen wollte. Dass sie nämlich gerne mit ihm zusammen war.

Vincent sah sie schweigend ein paar erwartungsvolle Sekunden lang an, als hoffte er, sie würde noch etwas sagen. Schließlich stellte er nur klar: „Du sollst wissen, dass ich dir das hoch anrechne, dass du nochmal mitgekommen bist."

„Ach, halb so schlimm!", wiegelte sie in kumpelhaftem Ton ab und witzelte: „Tut doch nicht weh! Und satt werde ich auch!"

Damit landete ein großer Löffel Dessert in ihrem Mund. Vincents Lippen umspielte ein müdes, höfliches Lächeln, und seine Augen beobachteten Sophia weiter, bis Konstantin ihnen wieder Gesellschaft leistete.

Die Männer fachsimpelten den Rest des Beisammenseins über Immobilien, was Sophia irgendwann langweilte. Sie begann den Zeitpunkt herbeizusehnen, da Mariannes Chauffeur sie nach Hause bringen würde, wie Vincent es arrangiert hatte, weil er selbst noch anderweitigen Verpflichtungen nachzukommen hatte.

Sie wollte das Kapitel endlich abschließen, weg von diesen Untergrund-Heimlichkeiten und Mauscheleien. Und weg von der Quelle, die diese zwiespältigen Gefühle in ihr auslöste.

Sie wollte schnell zurück in ihr normales Leben, und so fiel der Abschied relativ unprätentiös aus. Ein kurzer Händedruck, ein unverbindliches Lächeln und gute Wünsche für die Zukunft.

Und weg. Bloß weg!

Als sie in der Limousine saß und der Chauffeur den Motor startete, sich zur Sicherheit vergewisserte, dass ihm die richtige Adresse mitgeteilt worden war, gab Sophia dem Drang, sich noch einmal umzusehen, nicht nach und atmete nur tief durch.

Kapitel 19

Jasmin wohnte inzwischen schon eine gute Woche bei Sophia, immer noch erfolglos auf Wohnungssuche.

An einem Nachmittag klingelte es. Jasmin war schneller an der Tür und öffnete. Jo stand unangemeldet davor.

Zunächst freute sich Sophia, ihn so unverhofft wiederzusehen, doch ihre Freude darüber verflog binnen Sekunden, als sie feststellte, dass er nicht ganz nüchtern war. Wieder einmal.

Sie kam gerade hinzu, wie er sich haltsuchend gegen den Türrahmen lehnte und direkt flirtete: „Hallo schöne Frau, ist Sophia nicht da?"

„Hallo, Jo", sprach Sophia ihn kühl an, bevor Jasmin etwas entgegnen konnte, linste an ihm vorbei zu Ludmillas Wohnungstür und zog ihn am Ärmel in ihre eigene Wohnung. „Komm schnell rein."

„Magst du mich dem netten Herrn nicht vorstellen?", gierte Jasmin. Missmutig und einsilbig sagte Sophia: „Das ist Jo. Er ist Gärtner. Hat gerade ein paar Probleme mit seiner Frau. Geh bitte durch, Jo, und setz dich! Ich hol dir 'n Kaffee."

„Ich habe keine Frau", erklärte er, während er sich auf unsicheren Füßen dem Sofa näherte und darauf fallen ließ.

Während Sophia in der Küche prüfte, ob der Kaffee in der Thermoskanne noch heiß war, hörte sie Jo und Jasmin im Wohnzimmer Smalltalk halten: „Jasmin ist dein Name, ja? Ist 'ne interessante Pflanze, Jasminum Offi ... Officinale, aus der Familie der Ole ..., shit, sorry ... Ölbaum-Dings ", redete er mit schwerer Zunge.

„Nee", gab Jasmin lachend zurück, „also ich bin aus der Familie der Hartmanns."

Sophia hörte Jo albern glucksen.

„Und du bist Sophias Freundin?"

„Ja, ich wohne hier, bis ich etwas Eigenes gefunden habe. Ich frage mich, warum Sophia mir noch nie etwas von dir erzählt hat."

Er antwortete: „Wahrscheinlich schämt sie sich für uns."

„Wer ist ,uns'? Deine nichtexistente Frau und du?", fragte Jasmin heiter. „Nein, ja, auch... Und mein Bruder."

„Jasmin, kannst du mal kurz kommen und mir helfen?", unterbrach Sophia die beiden laut rufend aus der Küche. Sie wollte eingreifen, bevor Jo mehr erzählte.

Irgendwie hatte sich nie die Gelegenheit ergeben, Jasmin von den Untergrund-Prinzen zu berichten. Zu sehr hatte sich Sophia mehr um die Probleme ihrer Freundin gekümmert.

„Bin gleich zurü-hück", hörte sie Jasmin Jo zuflöten, und schon erschien sie überfallartig und mit weit aufgerissenen Augen in der Küche.

„Wieso hast du mir nie 'was von diesem gutaussehenden Kerl erzählt?! Woher kennt ihr euch? Und warum sagt er, du schämst dich für ihn? Und seinen Bruder", raunte Jasmin leise, ihre Aufgeregtheit mit Mühe im Zaum haltend. „Und was ist mit seiner Frau?"

„Jasmin, es ist kompliziert", begann Sophia, aber Jasmin fiel ihr ins Wort und flüsterte: „Habt ihr 'was miteinander? Warum weiß ich nichts davon?!"

„Nein, wir haben nichts! Wir haben uns zufällig kennengelernt, als sein Bruder Hilfe brauchte."

Sie griff nach Jasmins Händen und sagte ernst: „Ich weiß nicht, wie ich es sagen soll, Süße."

Ihr fehlten die Worte, diese ganze verrückte Geschichte zu erklären. Sie war sich auch nicht sicher, ob sie wirklich davon erzählen sollte.

,Wir müssen dich dann töten', hallte es in ihr nach, auch wenn sie wusste, dass es nicht ernst gemeint war.

Oder doch?

Aber es kam auch nicht dazu, denn schon fragte Jasmin neugierig: „Dann hast du etwas mit seinem Bruder? Sieht der auch so gut aus?"

„Ich habe mit keinem von beiden etwas!", zischte Sophia unwirsch. Sie entschied, das Thema zu vertagen. „Egal! Komm, lass uns wieder rübergehen. Nimm die Tassen."

Jo war dabei, ein bisschen vor sich hinzudämmern und richtete sich schlagartig auf, als der Kaffee in sein Blickfeld rückte.

Während er unkoordiniert einen Löffel Zucker nach dem anderen in seine Tasse schüttete, fragte er Jasmin: „Du suchst 'ne Wohnung?"

„Ja", seufzte sie verzweifelt. „Ist so gut wie aussichtslos in Berlin! Wahrscheinlich muss ich ins Umland!"

„Hm", machte er gedankenvoll und wirkte beinahe nüchtern, als er sagte: „Vielleicht habe ich da 'was. Was hälssu von Grunewald?"

„Grunewald?" Jasmin rang theatralisch nach Atem. „Die Mieten dort kann sich doch kein Mensch leisten!"

Er lächelte: „Naja, die Miete sollte kein Thema sein. Ich hab 'ne ganze Etage frei. Moll vö…, voll möbliert, fertig zum Einziehen. Sophia, du kennses doch. Wäre das was für sie?"

„Keine Ahnung", gab sie schulterzuckend zurück. „Vielleicht. Ja. Ist schön da."

Jo schlürfte seinen Kaffee, lehnte sich an und schlug vor: „Guck's dir einfach mal an. Sophia weiß die Adresse. Aber ruf vorher an."

Grinsend erläuterte er: „Damittich rechzeitich saubermachen kann."

Sophia erinnerte sich, dass er keine Angestellten hatte und wollte sich gar nicht vorstellen, wie es bei ihm zu Hause jetzt wohl aussehen mochte, so wie er sich gehen ließ.

Während Jasmin sich begeistert und überschwänglich bedankte, entschied Sophia, dass sie Jo möglichst schnell loswerden wollte.

„Jo, sei mir nicht böse", begann sie so resolut wie nötig, so freundlich wie möglich, „aber dein Besuch kommt gerade wirklich unpassend. Gleich kommt mein Nachhilfeschüler."

„Da schickt sie mich immer Spazierengehen oder Einkaufen", beschwerte sich Jasmin scherzhaft und erntete von Jo damit ein weiteres erheitertes Glucksen.

„Oder ich muss mich im Schlafzimmer einsperren. Ist einfach zu wenig Platz hier."

Jo grinste noch einmal kurz zu Jasmin hinüber, dann wandte er sich ernst an Sophia: „Hab schon verstanden, Sophia, entschuldje. Bin gleich wieder weg. Ich wollte nur sagen, dass ich dich..."

Jasmin machte große Augen und blickte aufmerksam von einem zum anderen.

„Na, dass ich... Dass du... Ich hatte mich, ob wir..." Sein Blick wanderte zu Jasmin und er grinste: „Sophia is 'ne tolle Frau, oder?"

Jasmin hauchte tonlos: „Ja, ist sie", um dann Sophia erwartungsvoll anzusehen.

Mit ungewollt verächtlichem Unterton half Sophia ihm: „Ob wir uns verabreden, Jo?"

Sie war so enttäuscht von ihm. Sie hatte ihn anders kennengelernt und versuchte, es ihm verständlich zu machen: „Ich mag dich. Ehrlich. Aber guck dich doch an: Du bist gerade wirklich in keiner guten Verfassung. Es ist ein schlechter Zeitpunkt."

Er hatte ihr vollstes Mitgefühl, aber sie konnte kein Verständnis aufbringen.

„Du bist nur noch am Trinken. Du verlierst dich. Ich weiß, es ist alles gerade nicht so toll in deinem Leben. Aber sieh zu, dass du erstmal wieder klarkommst."

Sie wollte ihn nicht verletzen, aber sie war froh, dass sie es ausgesprochen hatte. Wahrscheinlich würde er sich am nächsten Tag nicht einmal daran erinnern.

„Verstehe. Tut mir leid", sagte er reumütig und trank seinen Kaffee aus. „Ich wollte nur ..."

Sophia erklärte aufrichtig: „Mir tut es auch leid."

Leicht weggetreten drehte er seine Tasse in den Händen und starrte darauf, als begutachtete er das eigenwillige Dekor. Schließlich verkündete er: „Ok, dann geh ich jetz."

„Ich ruf dir ein Taxi", schlug sie vor und langte nach ihrem Handy.

„Aber ich kann ihn doch fahren!", schaltete sich Jasmin eilig ein. „Statt Spazierengehen, oder? Und so könnte ich außerdem gleich mal die Wohnung besichtigen. Sauber oder nicht. Ist mir doch egal!"

„Is dir egal? Na, dann. Gute Idee", fand Jo.

Sophia wusste nicht, ob es so eine gute Idee war, ließ die beiden aber fahren.

Im Hinausgehen warf Jasmin Sophia einen dankbaren Blick zu und lupfte kurz vielsagend ihre Augenbrauen.

Es fiel Sophia schwer, sich auf ihren Nachhilfeunterricht zu konzentrieren. Jasmin kam nicht so schnell wieder, ließ sich mit dem Zurückkommen länger als eine Nachhilfestunde lang Zeit.

Sophia wartete.

„Hi, sorry, wir haben uns noch ein bisschen unterhalten", entschuldigte Jasmin sich später gleich beim Hereinkommen.

„Der Arme! Er hat mir das mit seiner Frau und so bei dem Geburtstag erzählt. Jetzt verstehe ich, warum du an dem Abend so fertig warst. So einen Amoklauf will man nicht miterleben! Warum hast du denn nichts gesagt?"

„Ich musste das erstmal verarbeiten", gab Sophia als Begründung vor.

Jasmin schien es so hinzunehmen und schwärmte: „Aber ein tolles Haus hat er! Scheint gut zu laufen, seine Gärtnerei, wenn er sich so etwas leisten kann."

„Hat er nichts weiter von seiner Familie erzählt?", fragte Sophia.

„Nö. Was ist mit seiner Familie?"

Sie wirkte ahnungslos, und so verriet Sophia nur: „Na, er kommt nicht gerade aus ärmlichen Verhältnissen."

„Ach, deshalb ist die Miete bei ihm so günstig", schlussfolgerte Jasmin. „Jedenfalls gute Nachricht für dich: Ich werde nämlich morgen umziehen und du bist mich endlich lo-hos!"

Und ein strahlendes Grinsen zog sich von ihrem einen zum anderen Ohr.

Die beiden Frauen fielen sich um den Hals. „Du Doofe!", lachte Sophia. „Ich will dich doch nicht loswerden! Aber natürlich freue ich mich für dich!"

„Und ich fürchte", ergänzte Jasmin ihre Augen verdrehend, „ich hab mich verknallt. Aber egal. Er steht mehr auf dich, oder? Und du hast ihm hammerhart einen Korb gegeben! Unfassbar! Gerade jetzt, wo er bestimmt eine Schulter zum Ausheulen gebrauchen könnte."

Sophia schluckte. Schuldgefühle konnte sie jetzt so gar nicht gebrauchen und gab schnippisch zurück: „Biete ihm doch deine an, wenn du schon in sein Haus einziehst."

„Vielleicht tue ich das ja!", kam von Jasmin kess, machte kehrt und ließ ihre Freundin stehen.

Sophia seufzte und rief ihr nach: „Jasmin! Jetzt sei doch nicht böse!"

Jasmins Kopf erschien noch einmal im Türrahmen. „Bin ich doch gar nicht!"

„Komm nochmal her!", forderte Sophia sie auf.

Jasmin lachte und umarmte Sophia. „Der Typ hat dir ganz schön den Kopf verdreht, oder?"

„Am Anfang vielleicht. Aber ehrlich gesagt ist es eigentlich mehr sein Bruder..."

„Ha!", rief Jasmin aus. „Wusste ich's doch! Erzähl!"

Was sollte sie erzählen? Solange Jo Jasmin gegenüber nichts von seinen Familiengeheimnissen preisgab, sollte sie es vielleicht auch nicht. Und wenn er sich irgendwann dafür entschied oder Jasmin es anderweitig herausfand, würde sie sauer auf Sophia sein. Sie beschloss, das in Kauf zu nehmen. Jasmin würde es bestimmt verstehen, also berichtete sie äußerst oberflächlich von Vincent, dem arroganten Charmeur, der ihr Herz berührte, wie niemals jemand vor ihm und der ihr nicht mehr aus dem Kopf ging.

Wie sehr sie sich dagegen wehrte, weil das ‚Drumherum' irgendwie nicht stimmte und ihr Angst machte, ließ sie unerwähnt. Stattdessen zeigte sie einer beeindruckten Jasmin das Foto in ihrem Handy, das der tschechische Wirt von ihr und Vincent gemacht hatte, und versank beseelt in der Erinnerung an den schönen Abend nach diesem ereignisreichen Tag.

Kapitel 20

Der nächste Tag war geprägt von Jasmins Umzug, der schnell erledigt war. Viel hatte sie nicht mitzunehmen und die Möbel in ihrem neuen Domizil gefielen ihr sowieso, also brauchte sie nichts aus ihrer alten Wohnung. Sollte ihr Ex-Freund Ronny eben alles behalten oder entsorgen.

Jo und Sophia begegneten sich kurz beim Hereintragen der Sachen. Er war nüchtern und frisch rasiert und warf ihr ein versöhnliches Lächeln zu, das ihr signalisierte, dass er wegen ihrer Abfuhr nicht allzu geknickt war.

Darüber hinaus war offensichtlich, dass sein Fokus längst in eine andere Richtung gelenkt worden war, was Jasmins Berichte in den darauffolgenden Tagen bestätigten. Von gemeinsamem Kochen war die Rede und langen Gesprächen, von einer Führung durch die Gärtnerei und ausgedehnten Spaziergängen.

Also hatte Jo seine ‚Schulter zum Ausheulen' gefunden.

Die Erinnerung an Vincent verblasste in Sophia zunehmend und erleichternd.

Natürlich dachte sie noch hin und wieder an ihn, doch nichts von ihm zu hören, nicht in seiner Nähe zu sein, ließ sie allmählich wieder zur Ruhe kommen. Zu aufregend waren die letzten Wochen gewesen. Und zu verstörend waren die Hintergründe. Sophia tat der Abstand gut.

Bald schon wurden die ersten Gerüchte laut: ‚Der Flughafen BER in Schönefeld eröffnet nun doch demnächst!'

Vielleicht schon in zwei Monaten, hieß es, nach ewigem und jahrelangem Verschieben.

Die Verantwortlichen hätten noch mehr Druck gemacht und die Baufirmen dazu gebracht, nun doch Wege zu finden, alles schneller zu realisieren als gedacht.

Man ließ sich feiern, die Politiker, die vermeintlich Verantwortlichen und Entscheider, kurz: Die Stadt ließ sich bejubeln, und niemand hinterfragte die merkwürdigen Umstände, weil die Begründungen so plausibel klangen.

Die Schlagzeilen ließen Sophia wissend grinsen. Vincents Werk! Wenn nicht seins allein, so hatte er doch entscheidend dazu beigetragen.

Und sie fragte sich, ob Marianne und Regina denn nun in Steglitz residierten, wie Vincent es geplant hatte und stellte sich vor, wie wohl der Umzug vonstattengegangen sein musste, und wie es dort wohl aussah, unter den repräsentativen Räumen des Wrangelschlösschens.

Und Konstantin?

Sophia nahm sich vor, bei Gelegenheit einen ‚unverfänglichen' Besuch bei Jasmin einzuplanen. Sie könnten Kaffee trinken und Jo einladen, und sie könnte ihn in einem unbeobachteten Moment ausquetschen, um ihre Neugier zu befriedigen.

Doch ein unerwarteter Anruf von Vincent kam ihr zuvor, der

sich entschuldigte, dass er sich nicht längst bei ihr gemeldet hatte.

Als hätte sie damit rechnen sollen! Dabei war sie gerade dabei gewesen, die Episode ‚Vincent' erfolgreich ad acta zu legen.

Er erklärte, er habe wirklich vorgehabt, sich eher zu melden, aber zu viel sei zu tun gewesen, die Vertretung seiner Mutter, der Umzug seiner Familie von Schönefeld nach Steglitz und die Vorbereitungen der bevorstehenden Hochzeit.

„Du meinst Konstantin und deine Mutter?", fragte Sophia ein wenig perplex und Vincent bestätigte lachend, wie Konstantin sich tatsächlich getraut hatte, ihr einen Antrag zu machen. Und zu Vincents eigener Verblüffung hatte sie sofort Ja gesagt.

Nun sei sie zwar erst seit ein paar Tagen aus dem Krankenhaus entlassen, aber nächste Woche sollte die Hochzeit bereits stattfinden.

„Würdest du mich zur Hochzeit noch einmal begleiten?", fragte er.

Sophia zögerte: „Ich weiß nicht…"

Sie hörte ihn nach Luft schnappen, als sei es ein Ding der Unmöglichkeit, ihn im Stich zu lassen. „Du weißt nicht?! Wie sieht denn das aus, wenn ich ohne dich erscheine? Du musst einfach!"

„Ich muss gar nichts", antwortete sie patzig und spürte ihr Herz schon wieder unangemessen und störend schnell klopfen.

„Deine Freundin Jasmin wird übrigens auch da sein…", sagte Vincent mit vielversprechendem, lockendem Unterton.

„Wie bitte?!"

„Hat sie dir das nicht erzählt?", fragte er scheinheilig, und Sophia stellte klar: „Na, ich weiß, dass sie sich gut mit deinem Bruder versteht."

„So, wie ich das sehe, ist das mehr, als ‚gut verstehen'", widersprach er. „Er hat sie sogar meiner Mutter und meiner Großmutter vorgestellt. Also eingeweiht ist sie auch. Redet ihr gar nicht miteinander? Ich dachte, Ihr Frauen müsst euch immer alles sofort haarklein berichten."

‚Eingeweiht'?

Sophia fiel auf, dass Jasmin sich tatsächlich in letzter Zeit etwas rar gemacht hatte. War sie am Ende nun doch verärgert, dass Sophia ihr die ganze Prinzen-Wahrheit nicht selbst gesagt hatte?

„Bist du noch da?", hörte sie Vincent fragen.

„Ich…", stammelte sie in Gedanken. „Wir haben noch gar nicht… Wir sind nicht dazu gekommen. Außerdem, Vincent, ist es gar nicht so, dass wir uns immer alles haarklein berichten müssten!"

„Ist ja schon gut", lenkte er ein. „Kommst du nun mit?"

Sie gab sich geschlagen und fragte müde und resigniert: „Was soll ich anziehen?"

Sein triumphierendes Grinsen war förmlich zu hören und er bot an: „Möchtest du nochmal mit Jermain shoppen?"

„Nein!", rief Sophia. Bloß das nicht. „Sag mir einfach nur, was ich anziehen soll! Ich krieg das schon alleine hin."

„Denke ich auch", sagte er zu ihrer Überraschung. „Es ist egal, was du anziehst. Hauptsache, du fühlst dich wohl darin, ok?"

Also sagte sie zu, und er schlug vor, sie wieder abzuholen.

Als der Tag dann da war, wünschte Sophia, sie hätte zugestimmt, Jermains Hilfe in Anspruch zu nehmen. Es war wie immer bei großen Anlässen: Es schien kein einziges angemessenes Kleidungsstück im Schrank zu geben!

Sie streifte mindestens fünf verschiedene Outfits über, die ihr Spiegelbild jedes Mal für unmöglich befand und sie auslachte.

Konnte sie im selben Kleid wie zu Isabellas Geburtstag erscheinen? Eher nicht. Schwarze Jeans und festliche Bluse? Nein. Dann blieb nur noch das schlichte Sommerkleid, das sie zur Silberhochzeit ihrer Eltern getragen hatte. Dazu die einzigen eleganteren Schuhe, die sie besaß: die teuren Designer-Schuhe, die Vincent bezahlt hatte.

Er kam dieses Mal sogar hoch an ihre Tür, als er sie abholte und sah wieder unerhört gut aus, als sei er für das Tragen von Anzügen geboren worden.

Sein Haar war, statt wie üblich leger zerzaust, ungewohnt artig nach hinten gegelt, was ihm ein interessant seriöses Aussehen verlieh, und zum schicken Maßanzug trug er Lederschuhe. Es war das erste

Mal, dass Sophia ihn ohne seine geliebten weißen Sneakers erlebte, die er in verschiedenen Varianten sein Eigen nannte.

Und während sie ihre Tür hinter sich zuschloss, öffnete sich die Tür gegenüber.

Ludmillas neugieriger, abschätzender Blick landete auf Vincent, der innehielt und lässig „Hallo" zu Sophias Nachbarin sagte und nach ein paar Sekunden zuckersüßen Lächelns: „Du bist mir doch nicht mehr böse, oder?"

Sie zog die Funken aus ihren Augen zurück, reckte ihr Kinn in die Höhe und lächelte bittersüß zurück: „Nein, wieso? Sollte ich?"

Sie musterte die beiden ausgiebig. „Habt ihr 'was Schönes vor?"

„Ja, haben wir", antwortete er einsilbig, lächelte noch einmal, bot Sophia übertrieben seinen Arm an und fügte hinzu: „Und wir sind spät dran!"

Als sie außer Hörweite waren, raunte er Sophia leise zu: „Oh Mann, wenn Blicke töten könnten! Ich weiß nicht einmal mehr ihren Namen."

„Ludmilla", half Sophia ihm auf die Sprünge und er erinnerte sich grinsend: „Ach, richtig. Ich hatte da diese Eselsbrücke."

Schon vom Auto aus sah Sophia ahnungsvoll Jermain am Straßenrand paratstehen, als sie beim Wrangelschlösschen ankamen, wo die Feier von Mariannes und Konstantins Hochzeit stattfinden sollte.

Er wirkte, als erwartete er sie bereits. Nervös tippelte er von einem Fuß auf den anderen und winkte Sophia durch die Autoscheibe zu, während Vincent sich, wie etliche andere, in den eigens abgesperrten Nebenstraßen einen Parkplatz zuweisen ließ.

Namhafte Persönlichkeiten, prominente Politiker höchsten Ranges und bekannte Monarchen, teilweise sogar aus dem Ausland, stiegen zu Dutzenden in festlicher Kleidung aus Limousinen und steuerten auf den Eingang zu.

Es hätte Sophia nicht überrascht, die englische Queen hier anzutreffen.

„Ist das nicht…", flüsterte sie Vincent zu, als sie den Regierenden Oberbürgermeister von Berlin ausmachte, worauf Vincent nur murmelte: „In letzter Zeit laufen wir uns zwangsweise andauernd über den Weg."

Es verblüffte Sophia, dass offenbar mehr Leute von der Untergrund-Monarchie wussten, als erwartet.

„Aber wenn die alle Bescheid wissen", dachte sie laut vor sich hin, „da müssen doch ständig alle lügen!"

Vincent schmunzelte mitleidig und schaltete den Motor ab. „Ach, Sophia, dachtest du wirklich, irgendein Politiker erzählt dir die Wahrheit?! Das ist deren Job. Denk nur an den Flughafen. Und wenn Politiker nicht von einer Monarchie gesteuert oder beeinflusst werden, dann von Wirtschaftslobbys, Syndikaten, der Mafia, was auch immer. So läuft es eben."

Er stieg aus.

„Na, was sagst du?", fragte er Jermain ausgelassen, als dieser nun Sophia die Tür öffnete und ihr beim Aussteigen half. „Hat sie doch gut hinbekommen, oder?"

Jermain begrüßte sie sichtlich im Stress mit flüchtigen Küsschen rechts und links, und sein Blick glitt einigermaßen fassungslos an ihr hinunter, musterte ernst ihre Schuhe, ihr Kleid, ihre Frisur.

„Bezaubernd! Wie du gesagt hast, Vincent", sagte er spöttisch und schüttelte den Kopf, indem er sie weiter betrachtete.

Sophia verschlug es peinlich berührt die Sprache, als sie die abfällige Missbilligung in seiner Stimme registrierte.

„Kindchen, Kindchen, was hast du vor? Gehst du auf eine Tupper-Party?"

Vincent legte sein Veto ein: „Was willst du denn, Jermain? Immer dieses Getue und Gemache um die Klamotten! Sie sieht doch gut aus!"

„Hach, ja! Natürlich sieht sie gut aus!", äffte Jermain ihn überzogen nach, warf den Kopf nach hinten und fuchtelte mit den Händen. „Aber doch nicht für eine royale Hochzeit! Ich habe es dir doch gesagt!"

Seine ihr bekannte exaltierte Art zu sprechen und einzelne Silben unpassend zu betonen, schallte und schepperte in Sophias Kopf und machte sie ganz unruhig. Was sollte sie denn nun tun?!

Vincent nahm Sophia jetzt auch noch einmal in Augenschein und warf Jermain schließlich einen ratlosen Blick zu.

Sie kam sich vor wie bei einer Viehbeschau und sah sich unbehaglich um. Hinter ihnen steuerten weitere Gäste erwartungsvoll das Eingangsportal an, und beim Anblick der festlichen Roben, die die Damen trugen, verstand sie, was Jermain meinte. Sie passte hier nicht her und überlegte, wie sie nach Hause kommen sollte.

„Ich habe ihr gesagt, sie soll etwas anziehen, worin sie sich wohlfühlt", versuchte Vincent Sophias Outfit zu rechtfertigen.

„Sie wird sich auch in etwas anderem wohlfühlen", raunte Jermain überzeugt.

Vincent fragte: „Hast du denn etwas besorgt?"

„Aber natürlich habe ich etwas besorgt, mein Gebieter! Und was erst!" Und wieder stieß er seine Worte hervor, als sei ein Wort gewichtiger als das andere. Fast beleidigt quengelte er: „Du müsstest mich lange genug kennen, um zu wissen, dass ich immer auf alles vorbereitet bin." Er warf einen entnervten Blick gen Himmel und griff nach Sophias Hand. „Komm, meine Liebe! Du und ich, wir beide verschwinden mal kurz."

Er bedachte Vincent im Gehen mit einem tadelnden vorwurfsvollen Augenaufschlag und zog Sophia hinter sich her, die gar nicht wusste, wie ihr geschah und sich nach Vincent umblickte. Er zuckte entschuldigend mit den Schultern, während sie hinter Jermain her stolperte, hinein ins Gebäude und durch irgendwelche Seitengänge in ein kleines Separee.

Kapitel 21

„Zieh das aus", wies Jermain sie mit einem abfälligen Blick auf ihr Kleid an, als wäre es ein Putzlumpen. „Ich hole dein Kleid." Damit verschwand er eilig und tauchte ebenso schnell wieder mit einem türkisfarbenen Etwas aus Chiffon und Seide auf, so dass Sophia noch gar nicht zum Ausziehen gekommen war.

Er deutete ihr Zögern als Scham und fragte verständnislos und ungeduldig: „Ja, was? Sehe ich dich zum ersten Mal in Unterwäsche, oder was?! Komm, meine Süße, bitte! Gib um Gottes Willen ein bisschen Gas!"

Und während er ihr hektisch beim Umziehen half und sie vor einen Spiegel platzierte, um ihr Haar kunstvoll hochzustecken, stöhnte er unaufhörlich vor sich hin und schimpfte über seinen Boss: „Ich hatte es ihm gesagt. Ich hatte es ihm gesagt! Aber nein, der feine Herr weiß ja alles besser! Du kennst sie, nicht wahr?"

‚Wen?', dachte Sophia, doch schon plapperte er weiter: „Seine dreiste Augenbraue. Wenn er sie arrogant überheblich in die Höhe schnellen lässt und dich mit einem Blick straft, der dir das Blut in den Adern gefrieren lassen könnte. Zum Glück fließt Frostschutz durch meine! Hach, zum Glück!"

Sophia musste grinsen, was Jermain offenbar als zustimmendes Lächeln empfand und geiferte: „Du kennst seine Augenbraue, nicht war?!"

Und er zwirbelte Strähnen, drehte und legte, machte zielstrebig und mit offensichtlichem Plan an Sophias Haaren herum und klagte: „Wie ich das an ihm hasse!"

Indem er sich auf die letzten mit Blüten verziehrten Haarspangen konzentrierte, schwieg er verblüffender Weise für ein paar Sekunden. Dann grinste er Sophia durch den Spiegel zu: „Obwohl … Eigentlich ist es ganz sexy."

Bevor Sophia amüsiert darüber nachdenken konnte, was Jermain an seinem Boss wohl noch alles ‚sexy' fand, ging sein Redeschwall schon ungebremst weiter: „Kennst du übrigens dieses Theater hier nebenan? Da waren die Thüringer oft zu Gast. Und weißt du, was des Regenten-Paars letztes Stück war, das sie sich vor dem frühen Tod der Regentin Henriette hier angesehen haben? ‚The King's Speech'. Ausgerechnet! Verstehst du: die Rede des Königs. Ist das nicht passend?!"

Eine Antwort darauf wartete er gar nicht ab, stellte zufrieden fest, dass er fertig war, ließ Sophia aufstehen, zupfte noch einmal an ihrem Kleid und sagte zufrieden: „Chin-Chin", zauberte zwei Gläser Sekt hervor und streckte ihr eins davon entgegen.

„Musst du jetzt nicht noch zur Braut?", fragte sie, als sie seine entspannte Feierabendstimmung bemerkte.

„Nur kurz, ein paar letzte Handgriffe vorher. Die Regentin macht grundsätzlich alles selbst. Und sie ist ja auch so gottgegeben stilsicher! Da habe ich nicht viel zu tun."

Er sollte Recht behalten, wie Sophia später feststellen würde.

Zunächst erblickte sie nun jedoch ungläubig sich selbst im Spiegel. Da stand eine Gestalt in einem feengleichen aber schlichten, unaufdringlichen, langen Chiffonkleid in Türkis, Grün und Hellblau, mit einem Farbverlauf, der an lichtdurchflutetes karibisches Meer an einem sonnigen Tag bei Windstille erinnerte. Federleicht umspielte es Sophias Körper mit raffiniertem Schnitt und sanftem Fall. Es war tatsächlich dem Anlass angemessen festlich und edel, und verlieh ihr eine vornehme, geheimnisvolle Ausstrahlung.

Im Garten, in dem der Champagnerempfang in vollem Gang war und die Gäste sich angeregt unterhielten und an ihren Gläsern nippten, suchte Sophia nach Vincent. Sie entdeckte ihn mit dem Oberbürgermeister und dem Besitzer des anliegenden Theaters, einer stadtbekannten Persönlichkeit und selbst prominentem Schauspieler, an einem der vielen Stehtische zu dritt beisammenstehen und heiter plaudern. Sie kam gerade dazu, als der Schauspieler mit seiner lauten, markanten Stimme lachte: „Nee, meen Lieba, dit kannste vajessen! Dit Theata kriegste nich!"

Der Kronprinz entgegnete lachend etwas, aber hörte mitten im Satz auf zu sprechen, als Sophia in sein Sichtfeld kam. Seine Gesprächspartner folgten neugierig seinem Blick, so dass sie eingeschüchtert stehenblieb, als plötzlich drei Augenpaare auf sie gerichtet waren. Vincent kam auf sie zu und nickte lächelnd.

„Toll! Wunderschön! Wir werden's ihm nicht sagen, aber Jermain hat leider immer recht! Jetzt komm, ich stell dich dem Bürgermeister und dem anderen eingebildeten Fatzke vor."

Sophia musste Hände schütteln und Nettigkeiten austauschen, derweil Jo und Jasmin eintrafen. Sie fiel Sophia mit schuldgeplagter Miene um den Hals und nahm sie beiseite, so dass Sophia gar nicht dazu kam, Jo angemessen zu begrüßen.

„Es tut mir so leid, Süße", sprudelte es aus Jasmin heraus. „Bitte, bitte, sei nicht sauer auf mich! Ich hatte Angst, du bist beleidigt, wenn du von uns erfährst. Und ich musste ja die ganzen Informationen erstmal für mich sortieren. Prinz und Untergrund und Schönefeld und so. Du weißt schon."

Sie rollte mit den Augen.

„Und dann waren wir dauernd damit beschäftigt, bei diesem Umzug zu helfen. Ich meine, klar haben die 'ne Firma beauftragt, aber das ganze Zeug musste erstmal gesichtet und geordnet werden. Was 'ne Arbeit! So viel Kram!"

Jasmin trat einen Schritt zurück und begutachtete Sophias Kleid. „Wow, wie schick! Haben sie dir auch Jermain auf den Hals gehetzt?"

„Ich möchte nicht darüber reden. Aber dito", bedachte sie Jasmins Aufmachung anerkennend. Auch bei ihr hatte Jermain einmal mehr alles an Geschmack herausgeholt, was ging, und Jasmin in ein elegantes violettes Samtgewand mit tiefem Ausschnitt gehüllt.

Sie bedankte sich. „Unfassbar, das alles, oder? Und Jo…"

Jasmin geriet ins Schwärmen: „Glaub mir, er hat sich wieder vollstens gefangen. So bewundernswert, wenn du dir vor Augen hälst, was er alles durchmachen musste. Und stell dir vor: Er hat den halben Garten umgegraben und jetzt steht da überall betörend duftender Jasmin, dass du fast umkippst, wenn du da durchgehst! Verstehst du: Jasmin! Jo ist so süß!"

„Ja, ist er", bestätigte Sophia wortkarg und freute sich für die beiden.

„Und guck nur, wie blendend er heute wieder aussieht!", sagte Jasmin mit einem verliebten Seitenblick auf ihn, der ein paar Schritte entfernt mit seinem Bruder angespannt in ein Gespräch vertieft war.

„Wobei… Dein Kronprinz ist auch nicht ganz ohne, muss ich sagen."

„Er ist nicht ‚mein' Kronprinz", stellte Sophia klar und folgte Jasmins Blick. „Und ja, sie sind beide nicht ganz ohne", übernahm sie die laxe Formulierung, lächelte zu den Brüdern hinüber und erwischte für einen kurzen Moment Vincents Aufmerksamkeit.

„Aber du bist hier, nicht wahr? Mit ihm", erinnerte Jasmin sie vielsagend.

„Ja, ja, ich bin hier", murmelte Sophia.

Jasmin hakte nach: „Du bist mir aber wirklich nicht böse, oder?"

Sophia lachte: „Aber nein! Versprich mir nur, dass du nicht vorhast, Regentin zu werden…"

Jasmin verstand die Ernsthaftigkeit der Aussage und erklärte: „Jo und ich haben intensiv über das Thema gesprochen. Und nein, keine Sorge. Wirklich nicht! Mariannes Job? Never ever! Und ich bin wirklich froh und mehr als zufrieden, wenn Jo einfach nur der bodenständige Gärtner bleibt, als den ich ihn kennengelernt habe und nichts weiter. Ich brauche dieses Königs-Gedöns nicht und er auch nicht."

Jo kam zu ihnen, um anzukündigen, dass es gleich losgehe, und dass er und Vincent schon mal hineingehen müssten. „Wir sind die Trauzeugen", erläuterte er gespielt wichtig, grinste Sophia zu und verabschiedete sich mit einem kurzen Kuss von Jasmin. „Bis später."

Es wurde zur Vermählungszeremonie in den Festsaal gebeten, alle Gäste begaben sich gespannt hinein und bildeten ein Spalier für das Regenten-Brautpaar, das begleitet von der feierlichen Musik eines Kammerorchesters durch den mit unzähligen Blumen geschmückten Gang schritt.

Die Prinzen-Brüder erwarteten die Brautleute als Trauzeugen neben dem Standesbeamten, und Isabella stand bei ihnen mit den Ringen bereit.

Die Braut Marianne war von ihrer gesundheitlichen Einschränkung sichtlich gezeichnet, blass und abgemagert, aber strahlend schön und majestätisch in einem schlichten kornblumenblauen Kleid und einem Diadem auf dem hochgesteckten Haar. Ihre glücklich glitzernden Augen fuhren das Spalier entlang und bedachten jeden Anwesenden mit ihrem jugendlichen Lächeln.

Konstantin schritt stolz neben ihr und warf immer wieder einen liebevollen Blick zu ihr hinüber.

Die Zeremonie war überraschend kurz und schnörkellos. Nach fünfzehn Minuten waren Marianne und Konstantin offiziell vermählt und ließen sich feiern, indem man zum gemütlichen Teil des Festes, dem gemeinsamen Essen im benachbarten Saal überging.

Festlich gedeckte Tische standen bereit und Dutzende von Angestellten warteten auf ihren Einsatz, die Vorspeisen servieren zu dürfen.

Sophia wurde von Vincent zu dem ihnen zugedachten Tisch geführt, an dem Jo und Jasmin bereits Platz genommen hatten, wie auch Isabella mit ihrem blassen, maulfaulen Begleiter, den sie als Magnus und zukünftigen Studienkollegen vorstellte.

Als jeder seinen Platz gefunden hatte, setzte Konstantin zu einer Rede an: „Bevor es losgeht, bitte ich um eure Aufmerksamkeit. Ich möchte ein paar Worte loswerden, und ich sehe, dass einige von euch schon hungrig sind, also fasse ich mich kurz."

Leises Gelächter aus dem Saal bestätigte ihn.

„Wir möchten uns ausdrücklich bedanken, dass ihr es so kurzfristig einrichten konntet und alle so zahlreich erschienen seid an dem perfekten Tag für diesen Anlass, dem ersten richtigen Sommertag in diesem Jahr. Das Wetter meint es gut mit uns, und die Sonne scheint mit meiner Braut um die Wette zu strahlen."

Die frischgebackenen Eheleute lächelten sich verliebt zu.

Er sprach weiter: „Wir bedanken uns für eure herzliche Anteilnahme an unserem bescheidenen Glück. Wir bedanken uns auch, dass ihr unserem Wunsch entsprochen habt, uns nicht mit Geschenken zu überhäufen."

Sein Blick fiel auf seine Tochter.

„Keine Geschenke für uns, stattdessen ein Geschenk für drei von euch. Isabella, ich weiß, wie sehr es dir immer gefehlt hat, und auch von euch, Joachim und Viktor Philip habe ich erfahren, dass einer eurer größten Wünsche ist, ‚normale' Papiere zu haben, die Freiheit, endlich wie jeder andere ins Ausland reisen zu können und alles, was damit zu tun hat."

Sophia beobachtete, wie die Blicke der Brüder sich kurz trafen.

„Wie ihr wisst", fuhr Konstantin fort, „liegt die Ursache in den jahrzehntealten Statuten begründet, die sich nicht so leicht aushebeln lassen."

Es folgte eine bedeutungsschwangere Pause.

„Nun", und er räusperte sich dezent. „Ich habe mit den entsprechenden Instanzen und Behörden verhandelt und einen Beschluss erwirken können. Vom heutigen Tag an werdet ihr Reisepässe und internationale Kreditkarten erhalten. Ihr könnt reisen, wohin auch immer ihr möchtet."

Es wurde verhalten applaudiert. Den meisten Anwesenden war der Hintergrund und die Tragweite dieser Entscheidung wahrscheinlich gar nicht bewusst.

Konstantins Mitarbeiter Walter händigte Vincent, Jo und Isabella Pässe und Karten aus, die diese sprachlos und verdutzt entgegennahmen.

„Und jetzt, meine Lieben, lasst es euch schmecken!", gab Konstantin den Startschuss für die Vorspeisen.

Das Orchester begann, unaufdringliche Musik zu spielen, und während serviert wurde, sprang Isabella auf und umarmte ihren Vater dankbar.

Jo ließ seinen Pass in der Anzugtasche verschwinden und klopfte mit der flachen Hand von außen stolz dagegen, indem er Jasmin ein breites Grinsen zuwarf. Vincent betrachtete seinen noch eine Weile, hob schließlich den Kopf und nickte Konstantin einvernehmlich und anerkennend von seinem Platz aus zu, während die Stimmen um sie herum und das Klappern von Besteck und Geschirr lauter wurden und bald jedermann mit Essen und angeregter Unterhaltung beschäftigt war.

„Na? Wunschlos glücklich?", fragte Sophia Vincent anteilnehmend und er sagte nur lächelnd: „Ja. Fast."

Kapitel 22

Nach dem Hauptgang wurde anstelle eines Desserts das Anschneiden der Hochzeitstorte angekündigt, wozu sich alle Gäste wieder in den Saal nebenan begeben sollten, in dem die Zeremonie stattgefunden hatte.

Marianne verschaffte sich Gehör und übernahm das Wort, bevor allgemeine Aufbruchstimmung einsetzen wollte: „Einen Augenblick noch!"

Sie kicherte. „Hochzeitstorte? Schneidet man die nicht traditionell um Mitternacht an?" Sie sah sich fragend um und wirkte auf Sophia so entspannt und glücklich, wie sie sie noch nie erlebt hatte.

„Ich kann mich nicht erinnern." Wieder kicherte sie vor sich hin. „Na, vielleicht auch gut so. Einige von euch werden die Feier ja schon früher verlassen müssen. Die Pflicht ruft. Ich weiß."

Sie blickte verständnisvoll von einem zum anderen und seufzte.

„Bevor wir alle nach drüben gehen, habe ich noch eine Kleinigkeit mitzuteilen."

„Was kommt denn jetzt?" murrte Vincent misstrauisch, und Sophia schaute aufmerksam nach vorne und hörte Marianne feierlich und heiter sagen: „Ihr Lieben, zunächst einmal möchte ich mich Konstantins Worten natürlich anschließen und mich bei euch bedanken."

Dann wurde sie ernst.

„Was ich mitzuteilen habe, mag für die meisten von euch überraschend sein, aber wir haben viel darüber nachgedacht und gesprochen und diskutiert und abgewägt."

Die Mutter der Regentin, Regina, nickte wissend und zustimmend, und Konstantin stand auf und stellte sich wie als Schützenhilfe neben Marianne.

„Nach reiflicher Überlegung haben wir, habe ich mich entschlossen, den Anlass zu nutzen ...“

Sie hielt inne, warf Vincent einen entschlossenen Blick zu und schluckte. „... den Anlass zu nutzen, heute abzudanken.“

Ein Raunen breitete sich im Saal aus.

„Mein erstgeborener Sohn Viktor Philip hat sich in den letzten Wochen, in denen er mich vertreten hat, bewährt und meine Erwartungen übertroffen“, fuhr sie fort.

„Ich habe mir sein Tun angesehen und seine, mit Verlaub, manchmal etwas unorthodoxen Entscheidungen bewundert.“

Vincent taxierte seine Mutter scheinbar gefasst, aber Sophia merkte ihm an, dass er gerade aus sämtlichen Wolken fiel. Eben hatten sie noch ausgelassen über Reisen geplaudert und sie hatte ihn an orientalische Basare, die Lavendelfelder in der Provence und den Grand Canyon erinnert, und er hatte respektvoll feststellen müssen, dass sie ihm damals gut zugehört hatte und sich an jedes seiner Worte erinnerte.

Mit dieser Bekanntgabe nun hatte er mit Sicherheit nicht gerechnet und allmählich begann der Schein seiner Fassung zu schwinden.

„Wie ihr alle wisst“, redete Marianne mit fester Stimme weiter, „bin ich gesundheitlich sehr angeschlagen und denke, es ist der richtige Zeitpunkt, mein Amt an dich abzutreten, mein Sohn. Dein Einverständnis vorausgesetzt, versteht sich“, sagte sie zu Vincent mit nahezu liebevollem Unterton und trat ein Stück zur Seite. Und als würde die Geste seine loyale Zustimmung unterstreichen, legte Konstantin seinen Arm um ihre Taille.

Alle Augen richteten sich auf Vincent.

Wie vom Schlag getroffen starrte er für ein paar Sekunden überrumpelt vor sich hin auf den Fußboden und schien nur langsam zu realisieren, was hier gerade passierte.

Er atmete ein paar Mal tief durch, bevor er nach vorne trat und sein Jackett zuknöpfte.

Nicht ohne einen Anflug von Zynismus schmunzelte er süffisant: „Eine ‚Kleinigkeit‘, Mutter, ja?"

Und da war sie wieder, seine hochgezogene Augenbraue!

„Wie üblich bist du immer wieder für eine Überraschung gut. Aber danke für das Lob!"

Sie zuckte belustigt mit den Schultern und wartete gespannt, was er sagen würde.

Er stellte sich in Position für seine Rede und ließ seine Augen über die Gesellschaft gleiten. Es war, als erwiderte er jeden einzelnen erwartungsvollen Blick der Reihe nach, bis er schließlich wieder seiner Mutter in die Augen sah und unbeirrbar und willensstark sagte: „Selbstverständlich trete ich deine Nachfolge an."

Sie lächelte und sah erleichtert aus, als hätte seine Reaktion durchaus auch anders ausfallen können.

Er nahm einen weiteren tiefen Atemzug: „Werte Anwesende, ihr seht mich hier völlig unvorbereitet in der vielleicht bedeutendsten Stunde meines Lebens, und ich weiß nicht, was ich sagen soll."

Sophia beobachtete, wie er blinzelnd nach Worten rang. Doch dann sprach er mit einem Mal sehr flüssig, als hatte er schon vor langer Zeit eine Antrittsrede vorbereitet und sie aus den Untiefen seiner Erinnerung hervorgekramt: „In den letzten zehn Jahren habe ich wirklich nicht viel zustande gebracht, bin von einer Party zur nächsten, hab nichts anbrennen lassen, wie die meisten von euch wissen."

Einige lachten leise.

„Ich nahm an nicht ganz legalen Autorennen und Sportwetten teil oder spielte Poker und bewegte mich in Kreisen, die mir rückblickend nicht gutgetan haben. Ich habe das Leben nicht ernst nehmen wollen und bin eigentlich immer davongelaufen, war wie auf der

Flucht. Wahrscheinlich vor mir selbst. Wahrscheinlich vor der Bürde, die mir bevorstand."

Mit Seitenblick auf Marianne ergänzte er mit unterdrückter Bitterkeit: „Und vor Mutters reizenden Ideen und Überraschungen."

Wieder atmete er tief durch.

„Ich wusste, dass der unausweichliche Moment kommen würde. Und nun stehe ich hier vor euch, früher als erwartet, als der neue Regent und weiß, dass ich das schaffen kann. Ich weiß es. Weil ihr da seid. Weil ich auf euch zählen kann."

Sein Blick landete auf Konstantin.

„Kürzlich sagte mir jemand, ich sei energisch und entschlossen, wie meine Mutter. Wahrscheinlich ist es so. Das ist auf alle Fälle eine gute Basis. Dazu kommt, dass diverse einschneidende Begegnungen, Erlebnisse und Ereignisse in den letzten Wochen mich zum Nachdenken gebracht haben. Ich sehe jetzt vieles mit anderen Augen."

Ganz kurz guckte er hinüber zu Sophia, als wollte er ihr etwas Persönliches sagen und schluckte, bevor er fortfuhr und sein Glas hob: „Ich danke euch. Auf gute Zusammenarbeit!"

Man prostete ihm zu, und man klatschte und wünschte dem Regenten viel Erfolg und Glück und Gesundheit.

Ohne große Umschweife ging es zurück zum eigentlichen Anlass des Tages und die Gesellschaft begab sich in den Nachbar-Saal. Die Hochzeitstorte wurde angeschnitten und Sophia bemerkte in der allgemeinen Betriebsamkeit Vincents Abwesenheit, die anscheinend niemandem außer ihr auffiel. Sie machte sich auf die Suche und fand ihn vor der Tür, gedankenverloren den gegenüberliegenden Steglitzer Kreisel betrachten, einem über hundert Meter hohen klotzigen Turm aus grauem Glas und Stahl, hässlich, baulich unpassend und aufgrund von Asbestverseuchung bekanntermaßen geschlossen. Er musste saniert werden und stand schon seit Jahren leer.

„Hallo, Hoheit", machte sie sich bemerkbar und er fuhr herum, gedanklich augenscheinlich von sehr weit weg wieder im Hier und Jetzt, schnaubte nur: „Lass das, Sophia! Ich hab dir schon bei unserer ersten Begegnung gesagt, dass ich das nicht leiden kann."

„Entschuldige", gab sie kleinlaut von sich, fand es aber lustig, wie er sich darüber ärgerte und lächelte: „Was sagt man zu so einem Anlass? Herzlichen Glückwunsch?"

„Wenn du mir Glück wünschen möchtest, ja, das kann ich tatsächlich gebrauchen", sagte er nachdenklich. Plötzlich flackerte etwas in seinem Blick auf und er grinste: „Hey, du hast noch gar nicht mit mir angestoßen!"

Damit schnappte er sich eine Champagnerflasche von einem Stehtisch und zwei Gläser, nahm Sophia bei ihrer Hand und flüsterte: „Komm mit!"

Er rannte los Richtung Straße und zog sie hinter sich her, die versuchte, den Stoff ihres Kleides mit der freien Hand hoch zu raffen, und Mühe hatte, auf ihren hohen Schuhen hinter ihm herzukommen.

„Vincent! Nicht so schnell! Ich kann mit diesen Schuhen nicht ... Wo willst du hin?!"

Er drehte sich im Laufen lachend zu ihr um. „Lass dich überraschen! Ich zeig dir 'was."

Sie überquerten rennend und vom Hupen einiger aufgebrachter Autofahrer begleitet die stark befahrene Straße und mussten ein auffälliges Bild abgeben, wie ein von einer Party heimlich geflüchtetes Paar in einem Sekt-Werbespot.

Zielstrebig steuerte Vincent das Parkhaus neben dem Sockel des Hochhauses an, und Sophia folgte ihm, als er direkt auf eine unscheinbare Stahltür mit der Beschriftung ‚Ohne Nutzung' zuhielt und aufschloss.

Es ging durch mehrere düstere, schwach beleuchtete Beton-Gänge, in denen die Luft moderig und feucht roch. Er schloss eine weitere

Tür auf, es ging eine kurze Treppe abwärts, durch einen Durchgang, eine Treppe aufwärts. Vincent schien die Route genau zu kennen und zögerte an keiner der Gabelungen, den Weg jeweils nach rechts oder links einzuschlagen.

„Was hast du vor, Vincent?", japste sie hinter ihm, als er die dritte Tür aufschloss.

Sie stoppten vor einem Fahrstuhl.

„Wart's ab...", sagte er vielversprechend und drückte auf den Knopf, um den Fahrstuhl zu öffnen.

„Aber das Gebäude wurde doch komplett leer geräumt, hab ich gehört. Und woher hast du den Schlüssel?"

„Hab ich eben", grinste er.

Sie fuhren in einem heruntergekommenen Siebziger-Jahre-Fahrstuhl unsanft ruckelig ins oberste Stockwerk, und Vincent simulierte Fahrstuhlmusik, indem er ‚The girl from Ipanema' vor sich hin pfiff und gespielt gebannt auf die Etagen-Anzeige starrte, wie es Leute in Fahrstühlen manchmal tun, um den Blicken der übrigen Fahrstuhl-Reisenden nicht begegnen zu müssen.

Oben angekommen zeigte er auf eine schmale Treppe, die auf das Dach führte und wies Sophia an, vorzugehen.

Hier fand sich eine ausladende, schmucklose Dachterrasse mit atemberaubendem Blick über die ganze Stadt.

Er ließ den Korken der Flasche knallen, der begleitet von einer kleinen Fontäne hoch in die Luft in den klaren Sommerhimmel flog, und schenkte ein.

Sie stießen an, und Sophia wollte wissen: „Warum sind wir hier?"

„Ich wollte mal gucken", begründete er ausweichend und ließ den Blick über die Dächer schweifen. „Ist der Ausblick nicht fantastisch?!"

Sie seufzte. „Ja, natürlich", doch sie spürte, dass er mehr zu sagen hatte und forderte ihn auf: „Na komm, erzähl schon!"

Er wurde ernst, als er begann: „Es gehört mir. Das ist mein bevorstehendes Projekt, etwas Ordentliches, etwas Vernünftiges daraus zu machen. Ich bin es meinem Großvater mütterlicherseits schuldig. Deshalb wollte ich an diesem denkwürdigen Tag ganz kurz hier oben sein."

Er ließ sich auf einem Mäuerchen nieder und erläuterte seine unverständliche Andeutung: „Die Errichtung dieses Gebäudes hat mein Großvater Viktor zu verantworten, der damals große, gutmeinende Pläne für diesen Stadtteil hatte. Er hat es wirklich mit den besten Absichten bauen lassen, aber im Nachhinein nur Kritik und Häme geerntet, weil so vieles schief lief und weil das Ding nun mal schlichtweg hässlich ist."

Interessiert nahm Sophia neben Vincent Platz.

Er trank einen Schluck Champagner und erzählte: „Diese ganze Asbest-Katastrophe mit all ihren unschönen Ausmaßen hat ihm am Ende das Genick gebrochen. Es war alles zu viel für ihn. Ich habe nie herausfinden können, ob er sich umgebracht hat. Es heißt, er hätte einen Unfall gehabt, aber ich glaube nicht daran."

Nachdenklich machte Vincent eine Pause und starrte auf sein Glas. Sophia sah ihm an, wie wichtig diese Geschichte für ihn war, und hörte aufmerksam zu.

„Meine Mutter war gar nicht so unglücklich, als sie erfuhr, dass Konstantin meinte, Besitzansprüche zu haben. Sie wollte diesen Klotz und die bitteren Erinnerungen, die er mit sich bringt, unbedingt loswerden, was ich verstehe. Aber es ist eben formell nicht richtig. Und ich will das geradebügeln, woran mein Großvater gescheitert ist."

Er füllte ihre Gläser nach und hob sein Glas erneut. „Auf meinen Großvater! Den beeindruckendsten Menschen, den ich kennenlernen durfte."

Traurig ergänzte er: „Leider starb er viel zu früh."

Nach einer Gedenkminute fuhr Vincent fort: „Die Asbestsanierung ist schon mal abgeschlossen und ich habe jetzt freie Bahn und übernehme die Regie, eine der angesagtesten Adressen der Stadt daraus zu machen, Hotel und Einkaufspassage unten, in den oberen Stockwerken luxuriöse Eigentumswohnungen, ganz oben Maisonette-Lofts, dazwischen bezahlbare Mietswohnungen. In etwa drei Jahren soll alles fertig sein."

„Aber in der Zeitung stand...", wollte Sophia einwenden, doch sein amüsierter Blick ließ sie innehalten.

„Muss ich 'was dazu sagen?", fragte er. „Natürlich gibt es offizielle Investoren. Wie willst du den Leuten das sonst verklickern?"

Sein Blick glitt wieder in die Ferne.

Wissbegierig fragte sie: „Und besitzt du noch mehr Gebäude?"

„Ja, sicher. Also nicht ich, aber meiner Familie gehören einige geschichtsträchtige Bauwerke im Westteil der Stadt, den Thüringern im Ostteil."

Anerkennend stellte sie fest: „Du bewegst gerade ganz schön viel."

„Ja. Ich habe einige Pläne."

Ihr fiel ein, was sie ebenfalls der Presse entnommen hatte: „Der Flughafen eröffnet demnächst."

„Ja, der Flughafen...", lachte er, während im Westen allmählich die Sonne unterging. Ihr warmes Licht ließ Vincents Gesicht und seine Augen leuchten, die Sophia plötzlich intensiv und ernst fixierten.

162

Kapitel 23

„Danke, dass du diesen Moment mit mir teilst", sagte er aufrichtig. „Ich habe nachgedacht und frage mich, ob es dir etwas ausmachen würde, wenn wir uns vielleicht doch zur Abwechslung mal ohne meine Familie treffen. Wie damals in Tschechien. Das war schön."

Ja, das war schön, erinnerte sie sich.

Aber hier saß der wahrscheinlich mächtigste Mann der Stadt, möglicherweise des Landes neben ihr. Das hatte etwas Unaussprechliches, etwas Ungreifbares, etwas schier Unglaubliches an sich.

Und dann dachte sie an alles, was sie über ihn und diese Geheimnisse wusste, was noch unaussprechlicher, noch unglaublicher war.

„Ich weiß es nicht, Vincent", druckste sie herum und fing sich von ihm wieder ‚diesen Blick' ein, der irgendetwas in ihr zum Flirren und Flimmern brachte.

„Was spricht dagegen?", fragte er. „Ist es meine ausschweifende Vergangenheit, die dich abschreckt?"

„Nein, ich…"

Er unterbrach sie: „Ich weiß, mein schlechter Ruf als Schwerenöter eilt mir voraus. Aber ich habe mich verändert."

„Das ist es nicht, Vincent", erklärte sie. „Es ist nicht deine Vergangenheit, die mich abschreckt. Vielmehr deine Zukunft. Dieses ganze Drumherum, deine Position, deine Familie, dein ganzer Hintergrund. Guck doch nur mal die Leute, die heute da sind! Es ist mir unheimlich."

Er lachte entwaffnend, rückte näher an sie heran und legte seinen Arm um ihre Schultern: „Weißt du was, Sophia? Ganz im Vertrauen: Mir ist es auch unheimlich. Und das, obwohl ich schon mein ganzes Leben damit zu tun habe! Und heute ist es ganz besonders unheimlich!"

Verlegen schwenkte er sein Glas in der Hand und beobachtete die kleinen Champagner-Perlen darin, die ihren Weg nach oben suchten.

„Und dann die ganzen Lügen und Halbwahrheiten", ergänzte Sophia die Beweggründe ihrer Zweifel. „Es ist für mich schwer genug, eingeweiht zu sein."

Er betrachtete weiter sein Glas und murmelte: „Tut mir leid. Das lässt sich nun mal nicht ändern."

„Wirklich nicht?", hakte sie nach. „Ich meine, Ihr könntet doch irgendwie, ich weiß auch nicht, das Ganze offiziell machen. Wie in England oder Schweden oder in Spanien."

Sachlich erklärte er: „Die Monarchie in Deutschland wurde nicht von ungefähr und aus gutem Grund vor hundert Jahren offiziell abgeschafft. Das kann man nicht so einfach rückgängig machen."

„Aber was wäre mit einem Volksentscheid oder so? Vielleicht würden die Leute sich freuen. Das ist doch so lange her und es hat sich so vieles verändert!"

„Willst du jetzt meine politische Beraterin werden?", veralberte er sie. „Der Posten ist schon vergeben."

Sie frotzelte: „Wer macht das denn jetzt bei euch? Jermain?"

„Haha. Sehr witzig!", grinste er, indem sein Blick wieder in die Ferne schweifte. „Nette Idee."

„Aber im Ernst, Vincent, sie würden dich lieben", versprach sie ihm lächelnd. „Und du müsstest nicht mehr lügen. Keiner mehr."

Sarkastisch kommentierte er ihren Vorschlag: „Ja, toll! Wir wären plötzlich prominent und würden ewig von Paparazzi verfolgt, und beim Friseur kannst du dann nachlesen, wer mit wem, und wer welches Kleid anhatte und was es zu Essen gab. Nein, danke. Und denk nur an Mutters unkontrollierbare Fähigkeiten. Überhaupt, Sophia: Es ist wirklich kompliziert. Es ist besser so, wie es jetzt ist."

Er fügte hinzu: „Und ich lüge nicht. Ich sage nur nicht die ganze Wahrheit."

„Ist das nicht dasselbe?", sagte sie vor sich hin, ohne eine Antwort zu erwarten, mehr wie eine Feststellung.

Er schüttelte lächelnd den Kopf. Am Horizont startete gerade ein Flugzeug und ein anderes landete fast zeitgleich.

Sie sahen beide schweigend den Fliegern nach, bis Vincent plötzlich zu seinem Thema zurückkam: „Würdest du dich trotzdem auf mich einlassen? Ich bin ein ganz normaler Mann, Sophia. Und ich meine es ernst. Du kommst in meiner Rangfolge von beeindruckenden Menschen gleich nach meinem Großvater. Du bist eine bemerkenswerte Frau! Wenn ich nur an Bellas Geburtstag denke: Du warst wie eine kleine Amazone in diesem ganzen Chaos. Als wusstest du in jeder Sekunde, was du tun musst."

Sophia warf Vincent einen an seinem Verstand zweifelnden Blick zu. Sie fand sich rückblickend überhaupt nicht amazonenhaft, mehr wie ein Opfer der Umstände, das in keinem Moment wirklich einen Plan hatte. Planloses Agieren, Reagieren.

„Ich dachte", fuhr er fort, „wir könnten uns besser kennenlernen, nach all dem, was wir zusammen durchgemacht haben", und seine Stimme lullte sie wieder ein, wie an dem Abend in dem tschechischen Gartenlokal.

„Du mit deinem verfluchten Charme", beschwerte sie sich lächelnd und kopfschüttelnd.

„Ja, unwiderstehlich, nicht wahr?", grinste er.

Sie buffte ihn freundschaftlich in die Seite.

„Au! Spinnst du?!", rief er übertrieben aus, zog sie fester an sich, und wie zur Entschuldigung lehnte sie ihren Kopf an seine Schulter.

Indem er eine Haarsträhne aus ihrem Gesicht strich, fragte er: „Brauchst du 'n bisschen Zeit?"

Ja, dachte sie, schloss die Augen und genoss den Augenblick, spürte, wie sich sein Oberkörper mit jedem Atemzug hob und senkte, hörte sein Herz kraftvoll schlagen, wie es sein blaues Blut durch seinen Körper pumpte.

Wir könnten einfach nur hier sitzen und so tun, als gäbe es das Drumherum gar nicht, malte sie sich aus, löste sich aber schließlich mit einem tiefen Einatmen von ihm, stand auf und entgegnete nur: „Ja. Vielleicht. Gib mir ein bisschen Zeit."

Sie sah hinunter in die Richtung, in der die Feier stattfand. Von hier oben konnte man das kleine Gebäude kaum ausmachen. „Sollten wir allmählich wieder? Die vermissen dich doch bestimmt schon."

Er nickte zustimmend, erhob sich auch und gab ihr gegenüber sehr leise, als befürchtete er, belauscht zu werden, zu: „Ich hab 'ne scheiß Angst vor meinem Job. Aber verrate das keinem!"

Und Sophia lächelte ihm ermutigend zu: „Du machst das schon, Majestät." Und da war sie wieder, seine rechte hochgezogene Augenbraue.

Sie warfen einen letzten Blick auf die Dächer der Metropole, dem im Sonnenuntergangslicht leuchtenden Berlin.

Da lag ein ganzes Königreich zu ihren Füßen, und man konnte die vibrierende und pulsierende Lebendigkeit der Stadt bis hier oben spüren.

Vincent hob seine Hand und winkte mit dem Handrücken huldvoll hinunter, wie es sich für einen König ziemt und brachte Sophia zum Kichern, was er mit einem lässigen Grinsen quittierte.

Den Hochzeitstanz hatten sie verpasst, als sie zur Feier zurückkehrten. Die Tanzfläche war nun freigegeben, das Orchester spielte und einige tanzten Walzer, während die meisten Gäste wieder an den runden Tischen saßen, Reste von der Hochzeitstorte vertilgten und sich unterhielten.

Vincent und Sophia gesellten sich zu Jasmin und Jo, die angespannt am Tuscheln waren.

Sophia schnappte ‚Dubai‘ auf und fragte interessiert: „Heckt ihr Reisepläne aus?"

Während Jasmin aufgeregt berichtete, dass sie tatsächlich über einen gemeinsamen Urlaub in den Vereinigten Arabischen Emiraten nachdachten, und wenn sie noch etwas warteten, ihr Abflug bereits vom neuen Flughafen BER stattfinden könnte, beobachtete Sophia Vincent, wie er ernst und nachdenklich die Gesellschaft betrachtete, so als machte er sich Gedanken über seine Untertanen und über das Aushandeln geschäftlicher und politischer Angelegenheiten, die bevorstanden. Sie dachte daran, wie er ihr von seiner Angst erzählt hatte.

„Entschuldige mich kurz, Jasmin", stoppte sie die Euphorie ihrer Freundin.

„Vincent?"

„Hm?", machte er fragend.

„Ist das Rumba?", versuchte sie, ihn abzulenken, doch er schien mental gar nicht anwesend zu sein und fragte: „Was?"

„Ob das Rumba ist?", wiederholte sie.

Aus seinen Gedanken gerissen lauschte er.

„Ja, das ist eine Rumba", verbesserte er ihre Ausdrucksweise.

„Tanzen wir?", schlug sie ihm vor.

Ungläubig sah er sie an. „Wie jetzt? Tanzen? Du? Freiwillig?"

Sophia lächelte.

Vielleicht war es für lange Zeit, wenn nicht für immer, die letzte Gelegenheit, noch einmal unverfänglich Vincents Nähe zu spüren, seine Hände auf ihrem Körper, und wie er sie sanft in die richtige

Richtung dirigierte. Ein harmloser, unschuldiger Tanz inmitten der anderen.

Sein Blick landete skeptisch auf ihren Schuhen, dann erwiderte er ihr Lächeln, erhob sich und reichte ihr auffordernd seine Hand.

„Erzähl mir später weiter", raunte Sophia Jasmin kurz angebunden zu und begab sich mit dem Regenten auf die Tanzfläche.

Kapitel 24

Er führte sie behutsam, wie beim ersten Mal und soufflierte leise ihre Schritte, bis sie den Ablauf verinnerlicht hatte und ihre Füße Vincents Bewegungen von selbst folgten.

Er machte leise Witze über Konstantin, der nicht gerade behände und ein bisschen ungeschickt wie ein Tanzbär mit seiner Tochter tanzte, als plötzlich Jo und Jasmin neben ihnen auftauchten. Jo klopfte seinem Bruder grinsend auf die Schulter und bestimmte: „Partnerwechsel!"

Vincents verhaltener Protest half nicht. Schon hatte Jasmin sich seine Hand geschnappt, und Sophia landete in Jos Arm und bemühte sich, wieder in den richtigen Rhythmus zu kommen.

Jasmin überschüttete nun ihren Tanzpartner mit ihrem schier nicht enden wollenden Redefluss und ihren Reiseplänen, während Jo sich vorsichtig um Sophias Aufmerksamkeit bemühte: „Sind wir noch Freunde?"

„Aber ja. Natürlich", gab sie zurück.

Er versuchte, etwas richtigzustellen: „Ich lag falsch mit dem, was ich über Vince gesagt habe. Im Nachhinein betrachtet, hat er alles richtig gemacht. Er war mutig. Und er hat klug und bedacht gehandelt. Weißt du, ich war so aufgebracht an dem Tag, an dem du unseren Streit mitbekommen hast. Sein Alleingang hat mich wütend gemacht."

Die Erinnerung daran nagte noch immer an Sophia, und es war beruhigend, seine einsichtigen Worte zu hören.

Jo erklärte weiter: „In dem Streit hatte ich ihm vorher vorgeworfen, er würde mit dir spielen."

Sophia dachte daran, wie sie es vor der Tür mitbekommen hatte.

„Ich will dir versichern, dass ich mittlerweile nicht mehr der Auffassung bin. Ich glaube, er meint es ernst."

Ihr Blick landete bei Vincent, den dieser kurz erwiderte, während er Jasmin von einer Drehung in die nächste schickte, offenbar in der aussichtslosen Absicht, ihren Redeschwall zu unterbrechen.

Sophia blickte Jo aufmerksam in die Augen, als er sagte: „Mir ist nicht entgangen, wie er dich ansieht. Und wie du ihn ansiehst. Und das nicht erst, seit Jasmin mit mir zusammen ist."

„Ach, Jo", seufzte Sophia. „Du bist ein so unfassbar anständiger Mensch! Danke. Und ich freue mich übrigens sehr, dass ihr beide, du und Jasmin, euch gefunden habt."

„Vielleicht findet ihr ja auch zueinander", entgegnete er. „Du tust ihm gut."

Vielleicht, dachte sie und merkte gar nicht, wie ihre Füße von allein die richtigen Schritte fanden. Gedankenverloren und außerstande, sich dazu zu äußern, tanzte sie den Tanz mit Jo zu Ende. Er bedankte sich mit einem Kuss auf ihre Stirn, begleitete sie zum Tisch zurück und befreite Vincent von Jasmin, um sie verliebt an sich zu ziehen.

„Na? Hat Jo dir zum tausendsten Mal etwas von seinen Blümchen und Bäumchen erzählt?", scherzte Vincent, als er wieder bei Sophia Platz nahm, und überspielte offensichtlich seine ahnungsvolle Neugier, zu erfahren, worüber sie gesprochen hatten.

Dankbar für die Vorlage grinste Sophia: „Ja, genau, Blümchen und Bäumchen."

Er lächelte sarkastisch: „Oder hat er dir wieder weisgemacht, was für ein abgrundtief schlechter Mensch ich bin?"

„Nein. Im Gegenteil. Er spricht sehr respektvoll von dir", teilte sie ihm ernsthaft mit.

Vincent hob überrascht die Augenbrauen, und sein Blick streifte kurz reumütig, sich dessen bewusst, ihm Unrecht getan zu haben, seinen Bruder, der sich in inniger Umarmung mit Jasmin zur Musik wiegte.

Dann landete sein Blick wieder bei Sophia, schweigend, lang und forschend.

In diesem Augenblick, dieser kleinen Ewigkeit außerhalb von Raum und Zeit, schien alles um sie herum zu versinken. Wie durch einen dämpfenden, dimmenden Nebelschleier wurde alles, die Feier, die tanzenden und plappernden Menschen, die Musik, von ihnen getrennt und verschluckt. Es war, als wären sie allein, völlig unter sich und guckten sich gegenseitig tief in ihre Seelen.

Er ihr, sie ihm.

Sie hatten keine Worte mehr. Sie brauchten keine Worte mehr. Sie hatten sich alles gesagt.

Er hatte ihr Zeit gegeben. Sie zweifelte daran, ob alle Zeit der Welt ausreichen würde, sich darüber klar zu werden, ob sie das Ganze wollte, und ob sie sich wiedersehen würden.

„Wir fahren jetzt. Ich muss morgen sehr früh raus. Sollen wir dich mitnehmen, Sophia?", riss Jasmins Stimme Sophia jäh aus dem Zauber dieser einen Minute.

Nur mit Mühe löste sie sich von Vincents Blick, von diesem eindringlichen Moment, von der Illusion, ewig mit ihm hier so sitzen zu dürfen und schweigend die Gedanken des anderen zu erfoschen, im Grunde genommen genau wissend, was der andere dachte und fühlte.

Sie schluckte, und ihre Augen sagten: „Leb wohl, Vincent", doch ihr Mund antwortete Jasmin nur nüchtern: „Ja, das wäre nett, danke. Ich will mich nur kurz umziehen." Damit stand sie auf und war im Begriff, dieses Separee noch einmal zu suchen, in dem ihr Sommerkleid hoffentlich noch herumlag.

„Aber", wandte Vincent ein, „du nimmst das Kleid doch mit?"

„Nein", antwortete sie, ohne nachzudenken. „Danke, Vincent, aber ich habe wirklich keine Verwendung dafür."

Als sie seine zerknirschte Miene bemerkte, erinnerte sie ihn aufgesetzt heiter: „Hey, du hast mir doch bereits ein Kleid geschenkt! Lass gut sein!"

Damit beugte sie sich zu ihm hinunter und drückte ihm zum Schein unbeschwert einen Abschiedskuss auf die Wange. „Mach's gut, Vincent. Halt die Ohren steif!", riet sie ihm gespielt locker.

Der Abschied tat weh.

Er erhob sich förmlich. „Du auch", gab er mit einem Anflug von Wehmut zurück, der sofort verflog, als Jasmin und Jo sich fröhlich verabschiedeten.

Mit einem kurzen Seitenblick auf die Tanzfläche registrierte Sophia, dass jeder, den sie ansonsten kannte und bei dem sie sich hätte verabschieden wollen, am Tanzen war, sogar Regina ganz vorsichtig, sich an ihrem Tanzpartner festhaltend.

Also wandte sie sich mit einem kurzangebundenen „Tschüss, Vincent! Grüß deine Familie von mir!" schnell ab und rief Jasmin im Gehen zu: „Ich bin gleich fertig, Süße. Wir treffen uns draußen!"

Sie beeilte sich, zum Separee zu kommen.

Und so sehr sie sich dagegen wehrte, konnte sie es nicht verhindern, dass ihre Augen sich unvermittelt und überfallartig mit Tränen füllten.

Sie war so zerrissen: So sehr sie mit diesem Mann zusammen sein wollte, so wenig mochte sie, was er war.

In den Tagen nach der Hochzeitsfeier versuchte Sophia sich mehr denn je gegen Vincent abzuschotten. Wie in zu großer Ehrfurcht vor seinem Amt zwang sie sich, auf Distanz zu gehen.

Er hatte ihr Zeit eingeräumt, die sie irgendwann beschloss, nicht mehr zu benötigen und entschied sich heimlich und ohne darüber zu reden: Sie entschied sich gegen Vincents Welt.

Da sie nichts mehr von ihm hörte, schien er ihre Antwort auch nicht sehr zu vermissen.

Dennoch, jedes Mal, wenn ihr Telefon klingelte, rechnete sie mit seinem Anruf. Und jedes Mal war sie darauf gefasst, sich von seinem Charme, seiner Stimme, seinem Überredungsgeschick doch noch umstimmen zu lassen.

Und dann sah sie ihn eines Tages durch die Scheibe eines Restaurants, an dem sie zufällig vorbeikam. Sein Tisch stand direkt am Fenster. Sophias Füße blieben unwillkürlich für einige Sekunden kurz stehen und ihr Puls raste.

Vincent war nicht allein. Ihm gegenüber saß eine süße Blondine, die er mit ‚diesem Blick' bedachte, während sie ihm lachend etwas aus dem Mundwinkel wischte. Er griff nach ihrer Hand und küsste ihre Finger, jeden einzeln, einen nach dem anderen. Sie waren beide so vertieft in ihre Turtelei, dass Sophia sicher sein konnte, nicht bemerkt worden zu sein und ging schnell weiter.

Damals auf dem Dach des Hochhauses hatte sie ihm seine Aufrichtigkeit tatsächlich abgekauft. Aber er hatte sich nicht verändert. Wie könnte ein Mensch sich auch so sehr verändern?

Nein, er war derselbe ‚Schwerenöter', wie er sich ausgedrückt hatte, wie zuvor. Und selbst wenn Jo sie hatte überzeugen wollen, dass Vincent nicht mit ihr spielte, war sie sich nun sicher und fühlte sich in ihrer Entscheidung bestätigt.

Sophia schloss das Kapitel Vincent ein für allemal ab.

Das einzige Foto, das sie von ihm hatte, das von ihnen beiden im Gartenlokal, löschte sie aus ihrem Handy und versuchte, ihn genauso aus ihrem Herzen zu löschen.

Danach dachte sie nur noch selten an ihn.

Meistens dann, wenn sie in der Zeitung etwas las, in den Regional-
nachrichten etwas hörte, was den Anschein erweckte, es könnte mit
ihm zu tun haben, und er könnte seine Finger im Spiel haben, und es
zauberte ihr jedes Mal ein wissendes Lächeln ins Gesicht. Sie wusste
es besser.

Sie sah ihre Stadt mit anderen Augen.

Glaube nicht alles, was sie dir erzählen.

Nichts, was du zu wissen meinst, ist die Wahrheit.

Nichts ist, wie du es kennst.

Du weißt, wie du mit diesen Informationen umzugehen hast.

Sie müssen dich sonst töten.

ENDE

Mit ‚Der Kronprinz von Berlin' stellt die gebürtige Berlinerin Gabi Röhr ihren Debüt-Roman vor, einem romantischen Urban-Fantasy-Märchen, das aus dem Ärger und Unverständnis darüber entstanden ist, dass die Eröffnung des Flughafens BER ständig verschoben wird und der Flughafen Tegel dadurch immer noch in Betrieb ist, in dessen Einflugschneise sie wohnt.

DANKE

Mein von Herzen kommendes Dankschön gilt allen, die mich bei der Realisierung meines Projekts tatkräftig oder mental unterstützt haben, vor allem meinem Bruder, meiner besten Freundin und besonders meinem geliebten Ehemann.